龚曙光 著

日子疯长

人民文学出版社

目　录

日子疯长

当我们说起一个"时代"，心中铭记着的是什么样的图景？是左右历史潮流的伟人肖像？遍地弥漫的烽火硝烟？抑或是街头巷尾走贩吆喝的悠远长音？邻人近亲的殷切絮语？相对于寻常人生的琐碎，时代仿佛一直如此巨大，多少生民百姓将生命里的千滋百味消磨其中，几乎无从细数。一如伸手掬沙，从指间缝隙滑去的，总是比留在掌心里的多得多。

不过如果我们耐下心来，把那些曾经即临己身的故人旧事一一记录不避细琐，是不是也能够拓印出一个时代的风貌、音声、气味……？翻读龚曙光《日子疯长》的时候便是这样的感觉，藉由他一篇篇的家族遗事、故旧交谊、少年忆往……仿佛可以清晰地指认出那些镇寨、屋垾、红砖、青瓦，登时被一个杳然远去的年代、一段再无法追回的时空岁月给包围环绕。

时光的更迭和世间的人事变幻总是最引人怅惘。尤其是在中国大陆高速发展的今日，以"开发"与"繁荣"为名的现代巨轮，轰然辗过众人记忆中所熟悉、恍如经久不变的一切，更加深了这种物换星移的伤怀与喟叹。细品书中描摹的种种，除了可以想见的物事兴颓之外，淳朴温厚的乡情人情，还有那温情所赖以依存、蕴生的人际网络，确实是一个现今无从追溯的时代氛围。然而，这并不表示《日子疯长》仅仅只是一部感怀伤逝之作，龚曙光以细腻笔触拈起老家微小的人事景物，可说是以一种更为贴近现场的方式写下属于庶民的历史，替"时代"留下不同版本的面目。

出身湖南澧阳的龚曙光，其笔下篇章多聚焦在幼时长居的梦溪小镇，以及小镇边沿的山野、河湖、田畴阡陌、人情掌故。他的文字时而率性真挚，时而诗意隽永，小镇中人的百般情态教他写来余韵悠长不尽。

他以一篇《走不出的小镇》勾勒梦溪风貌，写的不仅是梦溪的地理方位、街容市景，而是以多位令镇民"忘不去的人"为小小古镇赋予立体的血肉。其中随着值更老人逝去不复存在的铜锣声，更隐隐然呼应了《日子疯长》全书之底蕴。他写《少年农事》时，质朴率真的文字让读者仿佛能看见一位少年农夫站在面前，娓娓细数各种农活的细节与窍门。《祖父的梨树》借一株和祖父相倚相生的老梨树，捕捉祖父一生正直宽厚的精神人格，写的是梨树，真正想说的依旧是记忆中温煦的亲情。《山上》《湖畔》等篇则是掇拾了下乡后的生活点滴，青春的酸甜与成长的磨砺，追忆起来如诗亦如歌。其余篇幅或忆故友，或追念亲族长辈，也都令人低回不已。

因此，《日子疯长》实质上是一种"乡愁"的书写，作者以挚情深刻的文字将昔日成长的老家城镇，还有那段纯真岁月里的故人故事，真实而鲜活地重新召唤出来，只不过这份乡愁不仅只是空间上的，同时也是时间上的乡愁。

龚曙光另外较为人所知的身份是报社创办人、出版集团的董事长，但其实在涉足商场前他曾经是一位文艺青年，年轻时便已撰著不少文学评论，也是一位颇有影响力的文学工作者。如今弃文从商二十余年后，《日子疯长》这册散文，俨然是他宣告归返文学行列的代表作。由是观之，他那漫溢在字里行间频频回首顾盼的姿态，除了自抒乡愁之外，恐怕也隐含了回归创作精神原点的渴望。

其实无论是怀旧的乡愁书写，抑或是为了内在精神／灵魂之安顿所做的探索，都是一种溯返、"还原"的渴望，也是人类共通的情感之一。同时身为作家与企业家的龚曙光，透过《日子疯长》为我们展示了这种普世情感，时空、地理的隔阂无碍于我们去感受、体会他的爱乡之情。龚曙光将隽永文字敷衍成迤逦迢递的归乡之路，希望台湾的读者一同品读这本色泽丰润的散文，欣赏沿途的风物景致，感受人与乡土的深刻连结与缱绻。

龚曙光的《日子疯长》令人想起沈从文湘西杂文的乡土篇章。

白先勇

这十几沓散文组成的集子可以看作首尾相衔的一部"梦溪诗章"，一曲时而激越时而低徊的长吟。笔触所及，皆为梦溪故地，父母至亲和儿时老友。野风吹起渡口的层层涟漪，湖上芦荻声声如诉。这是一场追忆的逝水年华，一个离我们遥遥无测、邈远到难以言喻的空阔世界。诗人沉浸忘我，以至于忽略了光阴流转，心灵留驻，耽搁在一壶浓香扑鼻的春醪旁，酣醉不起。

倾听摇晃不醒的呓语，走入那个叫作"梦溪"的古镇深处，感受风情野韵和一个个传奇。青石老垣从雾幔中一点点析出，粗长的声气由远而近。扁平的历史在我们眼前矗立起来，古井苔痕变得鲜活泅湿，开始一滴滴渗流垂落。一个少年从踏上停泊乌篷船渡口的第一步起，就开始目击生存的忧伤和惨烈，接受自己不可摆脱的命运。记忆中的第一次死亡事件是镇上的老更夫，这位老人每天夜里呼喊的"小心火烛"突兀地消失。而后是一个个亲人的离去、从小厮磨的友伴作别，生活真容依次显露。无法习惯的死亡与同样唐突的爱情交织在一起，令人滋生出无法排解的哀痛和深长的惊惧。

这是发生在一座中南小镇及四周的故事，它由小城、村野、河畔、知青生活点组成，孕化演绎，滋生万物。它贫瘠，却散发出永恒的温情，浊臭与馨香，冷酷与热烈，一层层积叠镶嵌。纯真无瑕的爱恋与乡间猥亵，大义凛然和怯懦苟且，生生搅拌在这方无所不包的乡土里，令一颗游子之心无力割舍。这是一部周备细致的人物志、风俗志，是与故土和昨日的一次促膝长谈。其中，追忆"九条命"的顽韧的父亲、美丽柔弱而又刚强坚毅的母亲之章，读来真是感人至深催人泪下，再没有什么文字可以替代。这是最不喧哗的刻记，具有惊心之力却又始终呈现安然沉默的品质。与这些记述相映的是另一副笔墨，即幽默俏皮和忍俊不禁、机智过人的揶揄和反讽。

有一些过目不忘的篇章，于节制朴素中透露出惊心的消息："三婶"的失贞和男人的颓唐；麻脸老校工悲壮的"义举"……它们沾满血泪，闪烁着艰难生存的人性之光，其故事本身就蕴含了底层的日月伦常，写满道德礼法，可以作为复杂的人性标本，一部乡间的百科全书。

全书的丰富性既表现于斑驳的色彩和含蓄的意绪，又由淳朴率直的美学品格显现出来。它写苦难不做强调，谈幸福不事夸张，所有议论和修饰都给予了恰当的克制。这部忆想之章把坎坷与折磨化为题中应有之义，内容上毫无沉郁滞重之气，形式上也没有迂回艰涩之憾。它转述的是流畅的生活和乐观的精神，有一种自然沉稳、自信达观的气度。我们掩卷之后，除了对人事耿耿于怀，还有关于风物的不灭印象。比如我们耳旁会长时间响着知青们在露天影院的那场打斗声，北风掠过大苇塘的尖啸，感到阵阵刺骨的寒意。那片无边无际的芦苇荡凄凉而又迷人，好像是专门为当年知青们量身打造的一个人生舞台，在此尽可上演淋漓的悲喜正剧。

书中浓墨重彩写了一棵祖父的大梨树，它仿佛栽种于文字中央，蓬勃茂盛，硕大水旺，俨然成为一凛然不可侵犯的神物，为一历经沧桑者的另一具形骸。这些描述甚至让笔者恍若站在了《诗经》中那棵神奇的"甘棠"之下，瞻仰它的浓荫匝地，伟岸雄奇，承接不可思议的神性之光。

翻阅中，随着最后一个字符的出现和消逝，思绪漫洇开来。我们不知道这本书有什么理由从无数的乡野回忆中凸出，也不明白它叩击心弦的力道从何而来。熟悉的生活场景，血缘和故土，生死离别，他乡忆旧，如此而已。可又不止于此。形制类似，质地有异，原来它以独有的蕴含和舒张吐纳，产生出绵长不息的力量。

我们感受了它的洞悉和宽容，率直和诚恳，还有无讳饰无虚掩的为文之勇。信手写信心，倾吐过来人的慷慨，其实是很难的一件文事。世事洞明而后能舍，经历漫长愈加执着。我们就此看到了一篇篇没有书生气也没有庙堂气，更没有腐儒气的自然好文。它是心灵自诉，岁月手札，亲情存念，也是搏浪弄鱼。

"弄鱼"在书中有过专门的记述，那是精密的河溪水口绝技：踏激流涉滩石，捉到活蹦乱跳的大鱼。

好吧，现在就让我们打开鱼篓，一起分享。

张炜

2018.3.21

余秋雨

○

质朴叙事，

在文学写作中最重要，也最艰难。

龚曙光先生用质朴的笔调写出了一个质朴的家乡、质朴的童年，

满纸厚味，让人舍不得快读。

当代年轻人不要以为这只是远年故事，

其实，

里边的悲欢人情、冰雪炭火、梨花书声，

就是我们生命的土地——永远的中国。

唐浩明

以湖湘原始野性而生命力旺烈的文字，

招回了自己的童年与青春。

一切都自然、真实、本色、活脱。

那是一个与我们渐行渐远的时代，

那是一群与我们命运相通的小人物。

我读着读着，

越来越亲切，越来越熟悉，

因为它也招回了我的童年与青春，

让我好几天没能从那座龚家老屋场、

那个梦溪小镇里走出来。

韩少功

○

悲悯于情，

洞明于智，

鲜活而凝重于文。

梦故园点滴透功力，

怀众生寻常见大心。

说是试啼之作，

却有厚积薄发脱俗孤高之大气象。

残雪

阅读毛子的散文集对我来说是一次惊喜的旅程，

这些质朴的篇章具有令人难忘的独特魅力。

更为难得的是，

它们还以其原始的情感爆发力，

突入到了人类历史的昏暗深渊，

让读者从那里逐渐辨认出我们自己可能具有的模样。

洪
晃

O

看龚曙光的散文既陌生又熟悉。

陌生是因为过去交往的大部分时间，

我们都很商务很正经；

熟悉是因为有一次他带我去吃湖南的小馆子，

一张矮桌，几个小凳，

让我第一次感到他的乡情。

《日子疯长》的每一篇，

都像这个快销时代一个农家小馆为你准备的精神食粮：

淳朴的文字，浓郁的乡愁，深奥的哲理。

这种真诚而稀罕的叙事，

很容易让你折射到自己的生活，是一面人生的镜子。

汪
涵

一个人的有趣是因为他明白无常即正常，

知道如何在薄情的世界里多情地活着。

曙光兄的有趣，

就是把他行走在那段疯长日子里获取的悲欢离合喜怒哀乐，

在手心揉搓出的千帆过尽的旷达之气。

所以我喜欢跟有趣味的他扯卵谈，

也喜欢读有才情的他码的文字，

因为从中可以想起过去的自己，

看见未来的我们。

日子疯长，我们都是时间的粮食……

再慢的日子，过起来都快。

千禧那晚，我独自蜷缩在书房里，清点即将过去的二十世纪。就在千年之钟敲响的一刻，我莫名地想起了祖母说过的一句话："日子，慌乱仓皇得像一把疯长的稻草！"

我不知道，一字不识的祖母，怎么可以说出这么一句深刻而文雅的话来。读过媒体拼尽才情撰写的辞别文稿，我觉得，祖母的话，才是对二十世纪最精当的描述。

一晃，新世纪又快过去二十年了。因为写作，我重新回到少年时代，捡拾起已经成历史的故乡人事。每每进入一个记忆中的故事，我又会不由自主地想起祖母的这句话，浮现出那些日子的种种慌乱与仓皇：旧俗的废止与新规的张立，故景的消亡与新物的生长，审美的倦怠与求生的决绝，顺命的乖张与抗命的狂悖……初衷与结果南辕北辙，宣言与行为背道而驰，良善和邪恶互为因果，得势和败北殊途同归。这个看上去像慌乱追寻又像仓皇出逃的世纪，岁月被捣碎成一堆空洞的日子，日子被挤榨成一串干瘪的岁月，恰如田地里疯长的稻禾。

究其动机，我写这些人事，并不是为了给二十世纪一个删繁就简的抽象评判，也不是为了印证祖母几十年前所说的那句话。于我而言，时代只是一日一日的日子，历史只是一个一个的个人。无论身处哪个时代，一日一日的日子，总会有苦也有甜；一个一个的个人，总是有悲也有喜。置身其中的每个个体，其苦其甜，其悲其喜，都是连筋连骨、动情动心的真实人生。

我当然明白，文中所载的那段岁月，注定是要在历史中浓墨重彩的。其臧其否，也必将为后人们长久地争来论去。不管未来的史学家们如何评判，我笔下的这些人事，都会兀自生活在评判之外。他们中，命运顺遂的未必适得其所，命运乖悖的未必咎由自取。无论历史的逻辑是否忽略这些人事，但对他们而言，时代过去了，日子却留了下来。

我一直质疑所谓的大历史观。见史不见人，是历史学家们的特权。对文学家来说，任何历史都是不可替代、不可重复的个人史。史学家评判的昏暗岁月，一定有过光彩的日子；后世人艳羡的幸运人群，一定有着悲怆的个人。在生命的意义里，光彩的日子，哪怕只有一日也不可被忽略；悲怆的个人，即使只是一个亦不能被丢弃。

这自然只是个人的文学态度。星光灿烂的作家群里，也有好些被喻为编年史家的。或许是因为我对弱小和孤独的生命天性敏感，抑或是弱小和孤独的生命铸就了我审美的天性，因而我的这一写作立场，并非基于某种社会学认知，而是源自个人的审美本性：在峻岭之巅，我更关注小丘；在洪涛之畔，我会流连涓流。子夜独行，为远处一星未眠的灯火，我会热泪盈眶；雁阵排空，为天际一只掉队的孤雁，我会揪心不安；年节欢宴，为门外一个行乞的叫花子，我会黯然失神；春花烂漫，为路旁一棵迟萌的草芽，我会欣喜若狂……

其实，我始终都在逃避和压抑这种天性。近二十年，我一直作为一个纯粹的经济人而存在，不仅放弃了成为作家的少年梦想，而且与旧时的文学圈子渐行渐远。无奈，天性就是天性，可扼制却无法割弃。年前的一个周日，我在书房翻读鲁迅先生的手稿，忽然心头一热，拿起一管毛笔坐上案头，情不自禁地写作起来。

也不知为什么，祖母所说的那些疯长的日子，竟如泉水一般突涌出来。

这便是我散文创作的缘起。

即使在今天，我打算将一年来所写的这些文字，零零星星聚拢来结集出版了，仍说不清为什么要写下这些旧人旧事。不过我敢肯定，断然不是为了怀旧、讽今，或者警示未来那么风雅而宏大的目的，也不是为了向某部巨著、哪位大师致敬那么猥琐而堂皇的意愿。也许，仅仅是因为那是一种真诚而实在的生存。毕竟，疯长的稻草也是稻禾，疯长的日子也是岁月。

再虚的日子，过起来也就实了。

龚曙光

2018 年 1 月 31 日于抱朴庐

○

日子疯长

母亲往事

母亲属鸡，今年本命年。

俗话说：七十三，八十四，阎王不请自己去。按男虚女实的计岁旧制，母亲今年是个坎。不过，母亲一辈子生活俭朴，行止规律，身子骨还算硬朗，加上平素行善积德，这个坎她迈得过去。

毕竟，母亲还是老了。

近几次回家，母亲会盯着我看上好一阵，怯怯地问："你是哪个屋里的？"过后想起来，又歉意地拉起我的手，连连道歉，"看我这记性！看我这记性！你是我屋里的啊！"一脸孩童的羞赧半天退不去。

当医生的大妹夫提醒：母亲正在告别记忆！话说得文气，也说得明白。我无法想象一个没有记忆的世界是什么样子，更无法接受母亲独自走进那个世界。小时候在星空下歇凉，母亲每每一口气背下屈原的《离骚》和《九歌》，母亲的同学都说读书时她记忆力最好，母亲怎么可能失去记忆呢？

妹夫说在医学上目前无法治愈，甚至延缓的方法也不多。我感到一种凉到骨髓的无助和无奈！我不能束手无策，眼睁睁看着母亲走进那个没有记忆光亮的黑洞！我要记下母亲的那些往事，让她一遍一遍阅读，以唤回她逝去的记忆……

母亲小姐出身丫鬟命，是个典型的富家穷小姐。

母亲的外婆家很富有。老辈人说澧州城出北门，沃野数十里，当年大多是向家的田土。向家便是母亲的外婆家。湘西北一带，说到富甲一方，安福的蒋家、界岭的向家，在当地有口皆碑。蒋家便是丁玲的老家。后来有考证称，兵败亡命到石门夹山寺的李自成，将家人和财富安置在距夹山几十里外的安福，改姓为蒋。能与当年的蒋家齐名，可见母亲外婆家不只是一般的有钱人家。

有一回，聊到《红楼梦》里的大观园，母亲轻描淡写地说：我外婆家有新旧两个园子，每个都有大观园那么大。尽管母亲淡淡的语气不像吹牛，但母亲离开外婆家时尚小，儿时对空间的记忆往往会夸大许多。母亲见我怀疑，便说有一年躲日本飞机，国军一个团的官兵及武器粮草，藏在老园子里，日本飞机竟没有找到一个兵。大学时我去了一趟界岭，在母亲描述的老园子前待了许久。园子1949年后分给了农民，据说住了一个生产队的农户。我去时绝大多数住户已搬走，房屋坍塌得不成样子，只是轮廓还在。前面一口巨大的水塘，呈腰子形横在一座陡峭的山峰前，老园子便建在山水之间一块开阔的平地上。主人在水塘上修了一条路，路上建了一座吊桥，如果将吊桥拉起来，外人除非游泳才可能进到园子。一位靠在断墙边晒太阳的老人告诉我，当年贺龙率兵攻打澧州城，有当地人点水，建议贺龙中途攻打向家园子，顺手牵羊捞些金银粮草回去。据说贺龙一看，园子不好打，怕偷鸡不成反蚀一把米，误了攻打澧州的正事，老园子侥幸躲过一劫。母亲的记忆也好，老人的传说也罢，如今已都不可考，不过向家的富甲一方，却是毋庸置疑的。

母亲的母亲嫁到戴家，乡邻公认是明珠暗投。母亲的父亲家姓戴，那时已家道中落，除了一块进士及第的镏金大匾，当年的尊荣所剩无几。

母亲的父亲很上进，立志中兴家道，重振门庭，于是投笔从戎。先入黄埔，后进南京陆军大学，在民国纷繁复杂的军阀谱系中，算得上嫡系正统。母亲的父亲身在军旅，平常难得回家，年幼的母亲没和父亲见过几面。

作为向家大小姐的母亲的母亲，似乎并不在意夫君的这份志向，也不抱怨这种聚少离多的生活，更乐意生活在娘家的老园子里。母亲便一年四季待在向家的时候多，住在戴家的日子少。

记忆中母亲的舅舅很多，有在外念洋书并出洋留学的，也有在当地任县党部官员的，还有在家什么都不做，成天酗酒烧烟、纳妾收小的。舅舅们各忙各的，没人关注这个寄居向家的外甥女，甚至对这个嫁出门的妹妹亦有一种不可思议的冷漠。婶娘们更是你一言我一语冷嘲热讽，虽有外婆疼爱，母亲和母亲的母亲都有一种寄人篱下的尴尬和郁闷。没多久，母亲三四岁时，母亲的母亲抑郁而死，将母亲孤零零地扔在了向家。

谈及母亲的母亲的死因，一位婶娘隐约告诉母亲，说母亲不是戴家的骨肉。言下之意是向家大小姐另有所爱，而且与戴家公子是奉子成婚。那时母亲尚小，并不明白这事意味着什么，对她的命运会有什么影响，只当是婶娘们惯常的饶舌。懂事后母亲想起向家的这则飞短流长，又觉得将信将疑，因为母亲对婆家的冷淡，父亲对母亲的疏远，除了家世和个性的原因外，似乎另有隐情。多年后母亲和我说起，我倒觉得以向家当年的家世与家风，大小姐以爱情抵抗婚约，做出点红杏出墙的壮举，似乎也在情理中。

这件事的后果是苦了母亲。母亲的父亲不久便续弦再娶。有了上次迎娶富家千金的教训，这次娶了一个贫寒人家的女儿，并很快生下一男一女。在这个新组建的家庭里，母亲成了外人。母亲的父亲依然在外戎马倥偬，继母带着三个孩子在家。即使继母不是生性刻薄，母亲在家也要带弟妹，洗尿片，打猪草……

母亲的外婆去世后，母亲成了真正的孤儿。在富有的向家和败落的戴家，母亲都是无人疼爱的无娘崽！就在外婆死去的那一刻，"家"便在母亲的情感世界中彻底坍塌了。

二

母亲辍学在家，一边细心照料弟妹、侍奉继母，一边热切地盼望军旅在外的父亲回来，她相信在外做官的父亲，一定会支持自己返校读书的想法。

住在向家时，母亲已经发蒙读书。起先是在私塾，之后是在新式学校。新校是母亲的三舅创办的。国立湖南大学毕业后，三舅原打算留学欧洲，适逢二战爆发，欧洲一片战火，只好回到老家。三舅不愿像其他舅舅那般花天酒地醉生梦死，便拿出自己名下的家产办了一所新式学校，一方面想用新式教育培养向家子弟，以使其免蹈父辈覆辙，一方面收教乡邻学童，也算报效桑梓。开学那天，三舅将母亲从昏暗的私塾里拉出来，带进敞亮的新式教室，开启了母亲的学校生活，也由此奠定了母亲对三舅的好感。在母亲数十年的人生里，三舅是唯一一个母亲在心里敬重和感激的向家人。母亲的外婆去世后，母亲回到戴家，没能再返学校。其间三舅到过一次戴家，希望将母亲带回学校。母亲的继母一面客客气气地招呼客人，一面将弟妹打得大呼小叫，一会儿喊母亲换尿布，一会儿呼母亲剁猪草，母亲忙得团团转。三舅的话没说出口，便被戴家那忙乱的场面堵回去了。

母亲指望在外从军为官的父亲回来，相信父亲一定会同意她返校读书。她虽然不知道父亲在外当多大的官，但父亲曾就读黄埔，而黄埔在母亲那辈青少年心中，是一个神圣的殿堂。然而就是这位黄埔毕业的学生，彻底摧毁了母亲的读书梦想。"一个丫头读那么多书做什么？就在家里好好带弟妹，过两年找个人嫁了！"父亲的每一个字都像一块冰，将母亲滚烫的心，冻成了一坨冰疙瘩，之后几十年也没有化开。不再读书也罢了，还要草草地嫁出去，十三四岁的母亲忽然醒悟，她真不是戴家的骨血。

母亲一声没吭，却止不住泪水决堤一般地往下流。半夜，母亲跑到生母的坟头，撕心裂肺地大哭，哭到不能再流出一滴眼泪，不能再发出一丝声音……下弦月牙从絮状的云层中露出来，清冷地照着杂草蓬乱的坟头，远近的松涛呜呜地吼着，像海潮也像鬼叫。母亲蜷缩在坟头，那么弱小，那么孤单，孤单得像夜风中飘飘荡荡的一根游丝，像黑压压的树林里一明一暗的一点萤火，无所寄寓，无所依傍，只有茫茫苍苍的天地任其漂流！

从败草丛生的坟头出发，母亲星夜兼程去了澧州城。先考上了澧县简师，后来又考上了桃源师范学校。从此，母亲作别了繁华的向家和衰败的戴家，再也没有返回，甚至没有遥遥地回望一眼。

三

在近代，无论在湖湘教育史，还是革命史上，桃源师范都是一所名校。民国总理熊希龄曾在该校主持教务，武昌首义将军蒋翊武、民国政治领袖宋教仁、著名文学家丁玲等，都曾就读于此。母亲能考入桃师读书，算是圆了梦想。对母亲而言，桃师不仅是学习的新起点，更是精神朝圣的起点，是摆脱封建家庭奔向新制度、献身新时代的起点。刚迎来新中国成立的桃师，人人热情洋溢，处处生机盎然，在人生暗影中待久了的母亲，第一次感到"解放区的天是明朗的天"的敞亮心情，接下来的校园生活，大抵也是母亲一生中最自由舒展的日子。

1978年我考上湖南师院后，母亲嘱咐我去拜访在该校工作的几位伯伯叔叔，那是母亲在桃师时的同学。听说我是戴洁松的儿子，一个个奔走相告，仿佛见了久违的亲人。在后来长达四年的时间里，我一次又一次听伯伯叔叔们说起桃师求学时的掌故，主题都是当年的母亲。后来他们之间有了走动，每回聚会，我都能从伯伯叔叔们已不清澈的眼神中，看到母亲学生时代如花如朵、青春激扬的靓丽身影。

母亲那时十六七岁，是学生会主席，也是学校的歌星，被誉为桃师郭兰英。在那个时代，郭兰英是全社会的偶像，以她来喻母亲，可见母亲当时在学校受追捧的程度。母亲嗓子亮有歌星范儿，这一点我在童年里几乎天天见识。嗓子是否好到可以与郭兰英媲美，儿时的我无法鉴别，然而母亲的美丽，却是郭兰英没法相比的。那时的母亲看上去有些像秦怡，端庄贤淑而又充满灵气。去年在党校学习时，遇到了桃师的现任校长。他听说我母亲是桃师的学生，竟在学校的档案室里找到了母亲六十多年前的学生档案，其中有学籍表，是母亲用毛笔填写的，一笔颜体小楷十分漂亮，还有一张照片，短发、大眼，一丝浅笑含蓄中透出自信。嘴角微微后翕，似乎是为了藏着稚气，又似乎是为了敛着灵性。照片虽已泛黄，边缘叠了好些白斑，但岁月的斑痕依然掩不去照片上母亲青春的光彩。

在偏远封闭的桃源县城，母亲有这样一张俏丽的面孔，一副亮丽的歌喉，加上若有若无的大家小姐气质，同学们如星如月地追捧倒也自然了。母亲学习刻苦，记忆力又好，屈原《离骚》《九歌》之类的诗词，可以倒背如流。假期母亲无家可回，便独自留在学校苦读。伯伯叔叔们说，每回考试，母亲都是第一名。

临近毕业，同学们忙着报考大学，有报武大的，有报湖大的，更多的是报湖南师院，只有母亲报考了上海音乐学院。得知母亲以优异成绩通过了考试，女同学羡慕中略带嫉妒，男同学欣喜中略带失落。后来，同学们的录取通知书陆续到了，母亲的却迟迟没有收到。直到毕业离校的前一天，校长将母亲叫到办公室，告诉母亲政审没有通过，因为母亲的父亲率领潜伏特务攻打乡公所，被人民政府枪毙了！

时至今日，母亲从未跟我谈及那个时刻。也许这块人生的伤疤，母亲一辈子都不愿意再次撕揭！一位当年和母亲同寝室的阿姨告诉我，那一晚上母亲都在清行李，几本书，几个笔记本，几件换洗校服，母亲翻来覆去倒腾了整整一晚上，母亲没流一滴泪，没叹一声气……

大概就是在那个晚上，年轻的母亲洞悉了自己的命运！自己决然叛逆的那个家庭，其实永远也逃不出，她用一个夜晚逃离了那个家，也逃离了那个旧的制度，却要用一辈子来证明那一次叛逃的真实与真诚。母亲的生命之舟逃离了旧有的码头，却始终驰不进她理想中的新港湾，只能孤寂地漂荡在无边的大海上！

母亲离家后再没回去过，也没和戴、向两家人联络，并不知道在外从军的父亲1947年解甲归田赋闲在家，不知道他当初配合老蒋反攻大陆，在湘鄂一带带领潜伏敌特同时攻打乡公所，更不知道他是老蒋亲自任命的湘鄂川黔边区潜伏军总司令。在母亲的眼里，父亲是一位不可亲的父亲、不称职的家长，一个她永远也扔不掉的政治包袱，却不知道父亲还是一位效忠国民党的司令。

在欢送同学们走向大学的喧天锣鼓里，母亲背着简单的行李，形单影只地去了桃江二中，那是一所藏在大山窝里的乡村中学。暑期放假，学校只有一位年过六旬的老校工驻守，迎接母亲开启职业生涯的，正是这位神情木讷、行动迟缓的白发老头。

命运多舛的母亲，似乎天然地和山里那些纯朴而贫困的学生亲近，每个月除了留下生活费和买书的钱，余下的工资全都接济了学生。母亲三年后从桃江调往澧县，路费竟是向同事借的。离开桃江二中时，母亲担心学生知道了跑来还钱，便趁天色未明离开了学校。"文革"后期，我家下放到梦溪镇，有天家里来了一位陌生的客人，自称是母亲在桃江二中时的学生，当年因为母亲的接济才把中学读完。客人边说边抹泪，母亲却淡淡地说："我都不记得了。"

我知道，母亲说的是真话。

四

调回澧县，母亲仍被分在二中。那时澧县一中设在津市，二中便是县城里的第一中学。民国时叫九澧联中，在澧水流域久负盛名，不仅临澧、石门一带富家子弟多求学于此，就连大庸、桑植乃至龙山、来凤几县的大户人家，也多顺澧水而下，将子弟送至该校就读。

母亲调来时，父亲已在二中，是颇受重视的学生干事。一个是农家出身的进步青年，一个是富家出身的叛逆女性，在那个时代相恋相爱似乎是一种时尚，如今看来，其实是一种宿命。诸多从旧家庭叛逆出来的知识女性，在政治上靠不上新制度的码头，最后便在家庭中建了一个小小的港湾，多多少少躲避一点社会变革的风浪。

豆蔻年华的母亲，有看得见的美丽面孔、听得到的美妙歌喉、品得出的美好德行，追求者理当结队成群。而父亲只有初中学历，身体亦不壮硕，一米七〇高矮的个子，体重只有八十来斤，瘦得像根麻秆。论学历论外貌，母亲的选择都令人不得其解。

很多年后，我问母亲当年选择父亲的理由，母亲的回答出奇的简单：他追求进步！我不知道母亲是因为拥有共同理想而看重父亲的追求进步，还是为了寻求庇护而看重。或许两者皆有，但结果却是父亲娶了母亲，便失去了追求进步的资格，作为入党积极分子的父亲，之后再也没人谈及他的入党事宜。

父亲倒也心安理得，祖父教给他的人生哲理是有一得必有一失，父亲得到美丽贤淑的妻子，失去政治上进的机会，倒也两抵相当。我后来想，父亲的追求进步与母亲的追求进步，其实并不相同。父亲是为了吃饭，为了发达，并非为了明了而坚定的社会理想，假若民国政府迟几年倒台，难说父亲不是在另一面旗帜下举拳宣誓。母亲饱受旧制度的歧视，见多了旧家庭的丑恶，新制度是她已经做出的选择，即使意识到这种追求是飞蛾扑火，母亲也会义无反顾。

婚后的日子，证明了母亲选择的正确。父亲实用主义的政治态度，成全了他们的爱情，更成全了之后几十年的婚姻生活。在当年，也并不是每一位进步青年，都愿意以一位漂亮妻子置换政治前程的。父亲不仅愿意，而且心满意足，无怨无悔。父亲这种无所谓的心态，减轻了母亲心灵的压力，支撑了母亲放不下的精神追求。

逛完 1959 年新春的元宵灯会，母亲在津市分娩了我。父亲推开产房的窗户，澧水之上一抹淡淡天光，父亲脱口而言"黎明"，这便成了我最早的名字。一年多后，母亲又生下了大妹妹黎莎。

眨眼之间，母亲由花季少女变成了两个孩子的母亲。不知是来不及适应，还是根本就拒绝改变，母亲的生活依然以工作为轴心。我和妹妹给母亲的生活带来了快乐，更给她的工作带来了拖累。母亲为了不影响工作，先让我们寄居在保姆家，后来索性将我们送回乡下，交给了祖父祖母。弟弟和小妹出生后，又被寄养在一对没有生养的裁缝家里。尽管如此，母亲仍觉时间不够，每天工作到夜半三更。母亲批改作文，常常批语比学生的作文还长。母亲退休后，还有学生拿着当年的作文本来家里，让母亲看她当时的批语，纸张虽已泛黄变脆，而母亲一丝不苟的笔迹却依旧醒目。

像那个时代绝大多数出身不好的子女一样，母亲坚信"出身不由己、道路可选择"的政治教谕，以兢兢业业、任劳任怨的工作，证明自己选择了新的道路。然而没有多久，母亲便被逐出了县城，下放到靠近湖北的一所乡镇小学。

五

母亲被"贬"的那个乡下小镇叫梦溪，是父亲老家的公社所在地。小镇依水而筑，在两条交汇的小河边，拉出一条弯弯曲曲的木板房街道。河岸边的大码头，河面上的石拱桥，还有街面上铺排的石板，是清一色油润光亮的青石，踩踏久了，便光滑得照出人影。有雨的夜晚，每家每户的灯光从板壁缝里泻出来，照在湿漉漉的青石街上，沁人的古朴和温情。镇上的居民是日积月累聚拢的，值夜的更夫、赶脚的叫化、花痴的遗孀、坐诊的郎中，卖鱼的、杀猪的、补锅的、剃头的、挑水的、算命的，还有南货的、五金的、农资的、信用社的，每个人都说得出来历，每个人的营生都彼此依存，哪家有了难处，大家会心照不宣地去额外多做两笔生意，算是搭把手，受惠的人家也不过分客套，只是把这一切记在心里，等到别家有了难事，便早早地跑过去……

在母亲的生命里，小镇是一个独特的生存空间，既不像她逃离的旧家庭，又不像她融不入的新单位，小镇浑然天成的人事与风物，让母亲感到了一种人性的本质和人情的宽厚！祸兮福兮！母亲被逐出县城，却意外地落到了这个天高皇帝远的小镇，过了相对安定的二十多年。

完小来了一对一中下来的好老师，小镇人当作天大的喜讯奔走相告。没有人打听是否犯了错误，或者被揭发了什么历史问题，大家只觉得这是小镇的福祉。一中的老师，九澧联中的先生，怎么了得！母亲的歌声很快就弥漫了学校，弥漫了整个小镇。母亲除了上音乐课，还要教唱各种革命歌曲，排练各种文艺节目，母亲不是主演便是主唱，母亲的声名一下传遍了十里八乡。小镇人习惯将一种精神上的尊重转化为物质上的表达，初夏新出了黄瓜辣椒，一定要先摘一篮送去；腊月杀了年猪，必定挑一块后腿肉送来；至于那时节都要凭票供应的烟酒糖等，供销社里卖货的掌柜们总是货到便早早包好留在那里，一次一次捎信让我家去取，后来干脆让上学的学生带过来……

这种市井的平静与乡俗的祥和，终究被工联红联武斗的枪声打破。两派分别在石拱桥两端堆起沙袋，架起机枪，用嗒嗒嗒的机枪声宣示对小镇的控制权。学校里也有了大字报，有好些是针对父亲的，看着"火烧""油炸"之类的赫然标语，父亲担心身体经不住造反派的洗礼，便在一个风雨交加的夜晚逃到了湖北。造反派找母亲要人，拉着母亲批斗过一次，之后便再没有人逼问母亲父亲的去向，也没有人批斗母亲。造反派里哪一派的头头，似乎都拉不下面子去为难戴老师。慢慢地今天红联请母亲去教歌，明天工联请母亲去排戏，母亲成了这些文攻武卫战斗队的休战区，成了混乱世道里小镇的一道人性风景。

在这场风雷激荡的大革命中，出身尚好的父亲被逼亡命，而作为革命和专政对象的母亲却相对安宁，令人匪夷所思。"文革"后有一年过年，当时的几个学生领袖相约来家拜年，围着一盆炭火聊起"文革"造反的事，父亲问他们当年为什么没有为难母亲，学生们众口一词地说："戴老师人太好，谁好意思揪她斗她呵！"

中国的乡土社会，从来都是一面宫廷政治的哈哈镜。不管庙堂的说辞如何言之凿凿、一派堂皇，百姓却习惯将这种是与非的纠缠，演绎为成王败寇的江湖恩仇，本能地将这类罪与罚的法律控辩，混淆成善恶报应的因果轮回。也正因为这种演绎和混淆，保持了市井众生抱团取暖的人性体温，维系了乡土社会超然事外的生存安宁。"文革"中的小镇，是文化革命的另一种样本，是多多少少被史学家们忽视却具有普遍政治学意义的样本。中国的政治风暴来袭，乡土生活亦会为其创损，但深植的人伦根须难为所动，惯性的生活节律难为所变。中国的乡土社会，从未有幸置身事外，也从未不幸陷身事中。风暴依然，生活依旧，这或许便是乡土中国数千年不变的政治生态。

六

　　父亲打小病病歪歪，祖父怕他养不活，便为他取了一个极贱的小名："捡狗"，就是现今流浪狗的意思。父亲活虽活下来了，却始终瘦骨伶仃，一阵风便可吹倒刮跑。除了每天课堂上那几十分钟打起精神，其他时间都是躺在一把黑旧的布躺椅上，恹恹地假寐，只有间或一两声咳嗽，证明他依然活着。我的妻子第一次进家门，父亲就是那样一动不动地躺着，把这个新媳妇吓得半天透不过气来。小镇上过不多久，便会传言父亲故亡的消息，甚至有朋友扛上花圈，到家里上门吊唁。父亲也不生气，依然躺在躺椅上说："好事好事，阎王听说我死了，就再也不会来拿命了！"

　　父亲几乎是将少得可怜的体能，完全给了大脑。家里的一切用度，都是他躺在躺椅上盘算筹划的。一个六口之家，靠着父母那点薪资本已十分艰难，加上乡下还有祖父祖母要赡养、叔叔姑姑要支援，经济上的捉襟见肘在所难免，但父亲不仅能精打细算应付下来，而且还能让母亲和孩子们感觉不到他的为难，他不希望家里的其他人为钱操心。有两次他实在束手无策了，便找了别的理由硬扛着，死活不提钱上的事儿。

母亲提了一网兜油印的高考复习资料，

告诉我又要高考了。

我说考上了也不会录取……

一回是小妹腹泻高烧，治了十几天不退，县里医院土的洋的办法都用了，一点效果没有，只能一次一次下病危通知书。父亲没说欠费的事，只说实在医不好，也是她的命！一向不理家事的母亲却母狮般地扑过来，从病床上抱起小妹，边跑边吼："到长沙去！到长沙去！"一生不向他人伸手借钱的母亲，连夜敲开好几家同事的门，借了钱便往汽车站跑，独自将奄奄一息的小妹抱到陌生的省城。几天后，母亲牵着治愈的小妹回到家里，父亲仍旧躺在躺椅上，盘算该怎样还清母亲的借款。

另一回是1981年弟弟和小妹高考失利，是否复读成了家庭的重大抉择。那时我已上大学，大妹读中专，弟弟和小妹在县一中读了三年高中，家里已经举债度日了。父亲依然躺在躺椅上，一支接一支抽烟，就是不谈钱的事，只说其实早点找个工作也好，不是只有读书才能成才呵。母亲也不反驳，只是态度坚硬得像块石头："一定要复读！"母亲又一次东乞西求，找人借够了弟妹复读的费用。一年后，弟弟考上了师大，妹妹考上了农大。

回想母亲这些年，自己几乎不花一分钱，也不过问家里是否有钱。每月领工资，都是父亲去，从来不问是多少。有好长一段时间，我努力回想母亲年轻时穿新衣服的样子，却怎么都想不起来。我记得母亲最漂亮的衣服是几条碎花的连衣裙，父亲说那是婚前母亲自己找裁缝做的。母亲学过也教过俄语，布拉吉是她最喜爱的衣款，但成家后，母亲便再也没做过买过。

母亲平素不理家事，我们吃饭穿衣上学之类的事，都是躺在躺椅上的父亲照应。母亲每天长篇大段地批阅学生作业，我们的作业却从来没有看过一眼。有一回军训操练，我的裤裆撕破了，母亲也没有拿去缝一缝，依然抱着作业本去了教室。然而只要涉及上大学读书，母亲便一改不理家事的态度，坚定地当家做主。也许是当年未能被录取进入大学的巨大遗恨，一直淤积在母亲心里。

　　1977 年参加高考，我成绩上了榜，录取通知却没有下来，找人打听，依然是因为那位被镇压的外公。一气之下我扔了所有的复习资料，挑起一副竹围子，赶着三百只麻鸭，过起赶鸭走江湖的日子。白天操着鸭铲打架，偷鸭子的、摸鸭蛋的、赶着鸭群争稻田的，遇谁打谁。夜晚则躺在荒滩野地上，守着鸭棚喝谷酒，看星星，倒也自得其乐……一天，我在湖北公安的一个大湖边放鸭，远远地看见一个城里模样的女人朝湖边走来，近了一看是母亲。

　　母亲提了一网兜油印的高考复习资料，告诉我又要高考了。我说考上了也不会录取，我不会再考了。母亲说再考一次吧，就算帮妈妈圆了这个梦。说着母亲转过身去，大抵是不想让我看见她潮红的眼睛。母亲曾经告诉我，自从在她母亲坟头哭过那一回，她就再也没有流过泪，也无泪可流了。

　　我不知道母亲是怎么打听到我的下落的，也不知道她问了多少人、走了多少路，才找到这几乎没有人烟的荒湖边。看着母亲糊满泥巴的双脚、晒得黑红的脸庞，以及哀怨中透着乞求的眼神，我接过了那一兜复习资料。就在那年秋天，我接到了大学的入学通知。

七

在梦溪小镇，有两户人家出的大学生多，我们家算其中一户。我们三个大学生、一个中专生被父母供养毕业，便一个接一个离家远行了。先是大妹去了津市，我去了吉首，然后是弟弟去了汕头，小妹去了海口，一个比一个走得远。原本热闹拥挤的家，雏飞巢空，一下子便空荡寂静了。虽然母亲仍旧把心思扑在工作上，心中却渐渐生了儿女牵挂。那年我启程去山东读研，母亲默默地跟在身后，怎么劝也不回，一直将我送到车站送上汽车，目送汽车消失。我靠在车窗边，回头向母亲招手，那一瞬间，我看见母亲风中飞扬的头发里，竟有了丝丝白发。

母亲是什么时候告别青年、中年的？

从那一刻起，故乡这个充满水乡景致和情趣的小镇，承载我童年梦想和掌故的小镇，便永远地定格为母亲送行的图景，母亲孤单地站立在道路远处，秋风撩起黑白夹杂的短发，似挥未挥的右手，久久地举在空中……

像一片原本就不肥沃的土地，在勉力种出了几季庄稼后，地力便耗尽了。大妹结婚前，父母将我们兄弟姊妹几个叫到一起，说你们都快要成家了，给你们每人两百块钱，算是父母对你们成家自立的一点心意。是少了些，但没办法更多了！母亲坐在旁边一声不吭，满是歉疚的眼神透着无奈。母亲明白父亲这像分家又像安排后事的异常举动，隐藏着对自己健康的极大隐忧。没几天，父亲又住进了医院，一住便是好几个月。

从家庭到病房，从厨房到课堂，母亲每天来回奔忙。一向不谙家务也无心家务的母亲，如今不得不为家务分心分身。母亲为此深深自责，并想方设法增加工作的时间，上课拖堂，下课补习，生怕学生没有听懂，生怕学校对工作不满意。无论在什么时候，工作都是母亲生活的轴心和灵魂，是她的人生融入新制度的唯一法门。家务的拖累是具体而现实的，当母亲确认自己无论怎样也没有办法绕过去之后，便慢慢变得焦虑和疑惧起来……

轮到我们牵挂母亲了！然而普天之下，子女对母亲的牵挂却总是姗姗来迟。

八

父母亲调离小镇梦溪，是因为一位在津市当副市长的学生。

二十世纪六十年代初，在二中读书时，这位家贫辍学的学生因父母的接济得以继续学业，对此一直心怀感激。我们离家后，他和一群五六十年代的学生时常来到家里，帮父母买煤种菜扫地。其实他们与父母年龄相若，却始终执弟子礼。大家觉得这么好的老师还窝在乡下，实在是浪费人才，于是鼓动分管教育的肖副市长将父母调往津市一中。

起初母亲很兴奋，忙着收行李辞朋友，小镇上有过往来的人差不多都到了。等到搬运行李的汽车开来，母亲却迟疑起来，堵在门口不让搬东西。我们姊妹轮流劝说，好说歹说都没有用，母亲横竖一句话："我怕！不调了。"最后还是那帮五六十年代的学生劝说起了作用："戴老师，您不调到城里去，我们看您不方便！现在年纪越来越大，您不进城我们见面会越来越少！"于是母亲在学生的簇拥下搬家进城。

母亲对城里生活的恐惧超出了所有人的预计。好长一段时间，母亲不想出门，出了门也不知道如何与邻居交流，更不敢登台讲课。一堂课备了十好几遍，所有人都说很好，临了进教室母亲却还是说："课还没备好，不行不行！"母亲担心自己的课上不好，别人说她是开后门进来的，害怕遭人非议受人白眼。一辈子以工作为生命、以工作为自豪的母亲，突然失却了工作的自信。母亲一整夜一整夜地睡不着，吵着要一个人回梦溪去。

落了叶的乔木在阳光里光秃着枝干。

似有一丝风，从光秃的树枝上吹过，有些微颤动。

母亲索性打开窗户，

让微风将阳光无遮无挡地吹进来……

落了叶的乔木在阳光里光秃着枝干。

似有一丝风，从光秃的树枝上吹过，有些微颤动。

母亲索性打开窗户，

让微风将阳光无遮无挡地吹进来……

当年在讲台上众星捧月、在舞台上众星捧月的母亲，如今怎么连登上讲台的勇气和信心都没有了呢？是因为长期乡居适应了舒缓平和的生活、宽厚朴拙的人情，以至拒斥乃至恐惧城市急促跳荡的生活、机巧淡薄的人情？适应了乡土社会对她宽厚的人情接纳和乡愿的人性袒护，以至不敢再次面对城市无处不在的社会纷争和政治拷问？

母亲最终被安排到了图书馆，每天抄写图书卡片，打理借进借出的图书。津市一中那几届的毕业生，大体都记得图书馆有一位态度特别和蔼的老太太，写得一手漂亮的颜体字。每回向她借书，她总是一边递书，一边笑盈盈地叮嘱："别弄脏了！别弄破了，别丢了……"学生们也听说老太太有一副嘹亮的歌喉，甚至听说她大家闺秀的身世传奇，但谁也没有勇气和老太太攀谈打探。

母亲的退休没有宴请，没有欢送，在图书馆那间静谧的办公室里，母亲写完最后一张新书入库卡片，那是阿·托尔斯泰的名作《苦难的历程》，然后将办公室仔仔细细扫了两遍，把那张旧得脱了油漆的办公桌抹了又抹。冬日的阳光从图书馆高大的窗户照进来，照在斑驳的书桌上，也照在母亲花白的头发上。窗外安静得看不见一个人，看不见一只鸟，落了叶的乔木在阳光里光秃着枝干。似有一丝风，从光秃的树枝上吹过，有些微颤动。窗后的母亲吹不到风，却感到了一丝凉意，一丝浴在阳光里却能微微感觉的凉意。

母亲索性打开窗户，让微风将阳光无遮无挡地吹进来。母亲就那样定定地望着窗外，久久地浴在阳光的温暖里，浴在微风的沁凉里。母亲慢慢地觉出喉咙的蠕动，有一支久远的旋律从胸腔发出来，那是母亲少女时代最喜爱的俄语歌曲《红莓花儿开》。歌声很轻很轻，轻得只有母亲自己听得见……

九

母亲退休时，已有了孙子睿宝、孙女脐子和盼仔，再后来又有了筠儿，虽然只有脐子长期和他们居住在同一个城市，但我们时常将孩子送回去，让父母享受孙辈绕膝的天伦之乐。母亲每天上市场买菜、下厨房做饭，一丝不苟地每餐一大桌菜，仿佛款待贵客。父亲说自家的孙子做那么多干什么，难道天天当客待呵？母亲却说当然天天当客待，说不定明天他们父母就来接走了呢？再说要是睿宝、盼仔养瘦了，怎么向他们父母交代呵？

每天晚上洗碗抹桌搞完卫生，母亲便戴上老花镜，坐在桌前开列次日的菜单，早、中、晚各一份，写得工工整整挂在墙上。有时担心重了，便将前面一个星期的菜单铺在桌子上，一天一天比对，一餐一餐调配，脐子爱吃肉，睿宝爱吃鱼，盼仔爱吃青菜，每个人都要照顾到，配来配去到头来便是长长的一列菜单。父亲知道怎么说也没用，便摇摇头由了母亲。

做完早餐，母亲带上菜单上菜市。先在市场上转上一圈，按照菜单上的品种看哪些菜缺货，哪些菜不新鲜，临时调整菜单，然后一个摊位一个摊位比较。母亲买菜并不怎么讲价，也不会讲价。有一次她问摊主白菜多少钱一斤，摊主说一块，母亲说两块钱一斤卖不卖？摊主愕然，周围卖菜的以为母亲开玩笑，谁知母亲竟真按两块钱一斤结账走了。这事成了菜市场好多天不胫而走的一则笑话。后来一个和母亲很熟的摊主问起这事，母亲说你看她的菜那么嫩那么干净，人家白菜又老又泡了水，还报一块五，她只报一块钱，说明她人老实。人家老实，但我不能欺负老实人呵！

母亲的话令好些摊主语塞和脸红。从此摊主们不但不再拿这话调笑母亲，而且每回母亲从摊子前经过，都会很恭敬地叫一声戴老师。如果母亲停下来买摊子上的菜，摊主会主动帮母亲挑选，大多不会短斤少两。

每回做完饭，母亲总是站在一旁看着孩子们吃，帮脊子夹肉，帮睿宝夹鱼，时常把他们胀得剩下半碗吃不完，母亲便一劝再劝，问是不是咸了？是不是辣了？是不是不好吃？常常是一脸的歉疚。一回睿宝拉肚子，母亲觉得是自己做的饭菜不干净，急得手足发抖，躲在厨房不敢出来。好长一段时间，母亲一进厨房便紧张。买回来的菜，在水龙头下冲了泡、泡了揉，直到把青菜揉碎了，才下锅去炒……

孙辈也一个一个长大，该上学的上学，该留学的留学去了。母亲作别了工作，远离了孙辈，生活似乎失去了重心。然而仔细一想，母亲似乎从来都不会失去重心，母亲有自己不被转移的目标感、不入流俗的价值观、不受侵扰的内心世界，无论手头做着什么，母亲照例是我行我素。

母亲几乎没有爱好，不串门，不玩牌，不逛街，不跳广场舞，不打太极拳……母亲几乎没有闺密，不家长里短，不鸡毛蒜皮，不口是心非暗中攀比……

母亲的心事，一辈子闷在心里，连父亲也弄不清楚。除了偶尔望着窗外发呆时你会觉出母亲在想心事外，平素是看不见她的内心世界的。母亲对生活没有要求，而她对精神的欲求却又秘而不宣。母亲与我们朝夕相处，而我们却觉得她其实生活在远处，在一个完全闭锁的自我世界里。不知道是因为这个精神的世界太过强大，根本不需要别人的襄助和认同，还是这个精神的世界太过脆弱，根本经不住任何外人的靠近，一碰就碎。

母亲一日一日地翻报纸读杂志，每一个字都读到，读完还要一篇篇文章剪下来，装订成册，一本本摞在一起。起先我以为只是因为我是《潇湘晨报》的社长，所以对该报读了又读，后来我发现几乎母亲能拿到手的所有报刊都是如此，即使是那些在我看来非常"五毛"的杂志，母亲也是读了又读，抄了又抄。母亲那严肃沉浸忘情世外的神情，我只在青海湖边那些长跪朝圣的藏人脸上见过。他们一起一伏地用身体丈量每一寸朝圣之路，身边烟波浩渺纤尘不染的圣洁湖水，一望无垠绚烂明丽的油菜花海，不绝如缕惊诧好奇的各色游客，既不入眼也不入心，仿佛概不存在。在他们的生命历程里，只有出生地与神庙的距离，只有身体与圣坛的距离，那是一条绝对两点一线的旅程，不论身体走过的道路多么崎岖险峻，信念行走的道路却始终径直平坦。

母亲也有自己的神庙吗？母亲的圣地又在哪里？时至今日，我也没能洞悉母亲那个完全封锁的自我世界。我曾以为母亲的神庙是新制度，从十几岁开始，母亲便启程向她憧憬却并不了解的圣地朝觐，不管时局如何跌宕，母亲的信念之旅似乎从未停顿。记得母亲退休后，曾淡淡地问我："退休了还可以写入党申请吗？"当时我心中隐隐一震，却并没有特别在意，如今回想起来，母亲那平淡的语气中，是否掩藏着数十年不改的坚韧信念？

对此我并无把握。弟弟在看过本文前半截后，说我把政治在母亲生命中的意义看得太重了。我不知道究竟是我对母亲生命的体察感悟失准，还是弟弟对母亲所处时代的感同身受不够。当然，这也许就是生命的本义吧，母亲的人生行止，究竟是在且行且待中坚守，还是在且待且行中彷徨，即使是作为儿子的我们，也有不同的体悟和解读。

十

在本文写作期间，我曾向母亲打听向、戴两家的旧事，母亲当时一愣，神情紧张地反问："又要清查历史了吗？"向来处变不惊的母亲，眼神里的惊骇和恐慌是我从未见过的。一个经历过八十多年人生际遇的老人，对自己的家事仍如此讳莫如深，对所处时代的风向竟如此反应过敏，我的心一下被锐器深深扎伤，至今隐痛未去。

我担心母亲受到惊吓，便让她看了尚未写完的文稿。读完后母亲一边揉眼睛，一边连连说："烧了吧！还是烧了吧！"

上半年父亲重病，被送到长沙住院，母亲则留在津市大妹家里。父亲病愈回家，母亲竟扑上来，一把抱着父亲号啕大哭："你死不得呵！死不得呵！我一世都不能离开你！"

一家人面面相觑。这是我们第一次听到母亲的哭泣！那种没有掩饰、没有顾忌、声嘶力竭、纵情任性的哭泣！

那哭声粉碎了我对母亲人生的所有判断与框定，让我对生命生出一种骇然敬畏！

母亲叛逆过一种制度，却未能被自己向往的另一种制度所包容；母亲叛逆过一个时代，却未能被自己投身的另一个时代所接纳；母亲叛逆过一类生活，却未能被自己追求的另一类生活所成就。母亲背负着沉重的理想生活，也背负着沉重的生活理想，在理想与生活的冲撞中妥协，在生活与理想的媾和中坚守，因拒绝妥协而妥协，因放弃坚守而坚守。生活是母亲理想的异物，生活又是母亲理想的归宿！

也许吧，世上原本所有的朝圣皆为自圣！无论朝觐的圣地路途是否遥远，最终能否抵达，而真的圣者，一定是在朝圣路上衣衫褴褛的人群中。

我曾和好些同龄人说起母亲的往事，听完，他们每每会说：

我母亲便是这样！

我母亲也是这样！

…………

日子疯长

我家三婶

○

一

　　三婶嫁到老屋场，是八抬大轿抬进门的。

　　那时我还小，四五岁的样子，跟着迎亲的队伍跑前跑后，围着花轿打转转。轿夫故意将轿子颠来晃去，罩在轿子上的红色轿裙随之一闪一闪，后生们趁机凑过来看新娘子，媒婆拦在轿前，点燃鞭炮往拥上来的人堆里扔，炸得哎哟哎哟一片叫喊。

　　我感兴趣的倒不是藏在花轿里低声哭嫁的新娘，而是那忽闪忽闪的轿裙。大红的洋布上，绣满了模样相似的男童，还有莲蓬和荷叶，当时就是觉得好看，也不知道那是"百年好合"和"五子登科"的意思。这一生实打实看人坐花轿，还真就三婶出嫁这一回。

后生们趁机凑过来看新娘子，

媒婆拦在轿前，点燃鞭炮往拥上来的人堆里扔，

炸得哎哟哎哟一片叫喊。

后生们趁机凑过来看新娘子，

媒婆拦在轿前，点燃鞭炮往拥上来的人堆里扔，

炸得哎哟哎哟一片叫喊。

从三婶娘家到三婶婆家，也就是我家老屋场，只三四里。轿夫们在田间小路上绕来绕去，直到晌午才拜天地入洞房。我跟着一群一伙的后生挤来挤去抢鞭炮，竟忘了去看三婶长成啥样。

二

迎娶三婶是祖父的临时决定，三叔和三婶完全蒙在鼓里。也就是这个不容商议的"父母之命"，决定了三叔三婶后来的遭际和命数。

那年冬季政府募兵，三叔背着祖父去报了名，一验，便被招兵的连长看上了。三叔那年二十岁，一米八高的个子，国字脸，关公眉，正所谓少年英俊，是十里八乡有名的乖致仔，连长一眼就相中了。三叔知道祖父秉持着"好铁不打钉，好男不当兵"的观念，不会同意他去，便把连长带到家里做工作。

祖父兄弟三个，他排行老二，1949年前每回抽丁，家里都是让他去。去上一两个月，祖父便开小差偷跑回来。最后一回逃回来，他提着一把杀猪刀直接去了保长家，吓得保长尿了裤子，之后便再没有人来抽祖父的丁了。祖父种田是把好手，再差的田在他手上种几年，也会变成一等一的好田土。祖父一生好种田，认为种田才是发家致富的正途。在这一点上，祖父与所有羡慕当年湘军发家的湖南农民不一样。连长进门说了一箩筐当兵光荣的大道理，最后祖父只问了一句："德凤咋办？"德凤便是三叔当时的对象，后来的三婶。"她支持，她支持呀！"三叔捞了根稻草似的连连说。"成了婚再走吧！"祖父说得斩钉截铁，不容任何人商量。

三婶去世后，我在三婶坟头独自待了好一阵，想起当年祖父那么坚决地让三叔成婚，究竟是怕三叔战死疆场断了子嗣，还是怕三叔去了大城市不再认三婶这门亲事？或许两层意思都有，更重要的应该还是后者。祖父一生重然诺、好面子，生怕乡里乡亲指脊梁骨。"丢头牛可以再养，丢了面子金子也买不回来。"我长大后祖父常跟我叨念这句话。

三婶的父亲是相邻大队的书记，在这一大片乡土上很有人望。乡里乡亲尊重他，倒不是因为他当书记的权威，而是因为他年轻时帮人做事的口碑。1949年前，书记是靠帮人打短工糊口的，人品好，舍得做，主人家有人没人一样死命干，近边七八里人家家里有活了，都愿找他。祖父农忙干不过来了，也会请他帮忙。后来三婶的父亲愿意将三婶嫁给三叔，还真不是因为三叔人见人爱，而是因为祖父为人正直、勤劳苦做。三婶的父亲1949年前就常跟人说，我的祖父对帮工客气，不仅好酒好菜地招待，干起农活也比帮工在行和拼命。

三婶的父亲因为厚道和勤劳，后来被一个家境富裕的人家看上，收去当了上门女婿。1949年他家已有了田土和房屋，但乡邻们还当他赤贫一个，不约而同地推举他当了书记。三婶的父亲也从来不当自己是品官，还把那些选他的人当作当年的主家敬着，要是谁家有起屋造房之类的事，他照样跑过来鞋一脱裤一挽，不是担砖便是和泥。三婶嫁给三叔，按当时的说法是下嫁，一个书记的千金嫁给一个富裕中农的儿子，真有些门不当户不对，但三婶的父亲却逢人便说："是我们高攀了，德凤嫁了好人家！"

三

我第一次见三婶，是在她嫁到老屋场两年后。那时三婶已做了妈妈，一个小黄毛丫头坐在身边牙牙学语。三婶背对大门坐着，一边给病中的祖母洗脚，一边教女儿老家一带流传的儿歌："黄毛丫头，困到饭熟，听见碗响，爬起来乱抢，一抢一个缺碗，一吃一百碗……"

时已黄昏，老屋神龛上点着的油灯，根本照不见三婶的脸，只听见三婶慢悠悠的声音，清亮得像山溪里淙淙的泉水。我冲着黑暗处叫了声祖母，便听见三婶说："呀，曙光回来了呵！"清亮的声音里听得出惊喜。三婶从未见过我，怎么能从一声叫声中知道是我回了老家？这份小小的惊奇让我莫名地对三婶萌生了好感。何况三婶叫的是我的学名，而不是像老家其他长辈"毛子毛子"

地呼我小名。刚刚发蒙读书的我，觉得自己已经长大了，谁叫小名心中老大不快。三婶怎么不叫我小名而直呼学名？这又是一分好奇。

三婶端了油灯来看我，灯光正好照在她的脸上：一头齐肩的短发，圆润的脸颊红得透亮，眼睛长而大，笑起来微微眯缝着，亲善而迷人。看上去，三婶不像是个做了母亲的农妇，却像个还没出嫁的村姑。那时张瑞芳演的电影很多，眼前这个端着灯盏打量我的三婶，还真就是张瑞芳饰演村姑的样子。

不知是因为热络还是因为好看，一见面便对三婶油然而生了亲近感。之后我但凡回老家，第一个想见的便是三婶，想吃的也是三婶家的饭菜。三叔离家入伍前，祖父便找来三叔三婶说："树大分权，人大分家。老三，你离家之前把家分了吧。"祖父给他们分了一间厢房、一套农具，还有一本人情账。第二天，三婶便单独生火做饭了。三叔走后，三婶要出工挣工分，要怀孕生孩子，还要照顾公婆，其实日子过得既紧巴也劳累，只是她依然笑哈哈的，并不抱怨什么。三婶家也没有什么好吃的，肉鱼鸡鸭不过年过节是没有的，就菜园里摘来的那点小菜，被她一炒咸死人了，但我还是喜欢去她家吃。有时我跟三婶说："打死盐贩子了呢！"三婶立马说下次淡些一定淡些，但下次炒出的菜还是咸得麻口。这改不了的重口味，后来到底要了三婶的命。

我家老屋场，是祖父三兄弟分家后新辟的，依山傍水，风水

我冲着黑暗处叫了声祖母，便听见三婶说：「呀，曙光回来了呵！」清亮的声音里听得出惊喜。

大抵找人看过。那山虽横不成脉竖不成峰，但延绵不绝的丘陵郁郁葱葱，倒是一派兴旺气象。祖父将老屋靠山而建，屋前有一口大水塘，再往前便是铺排百十里的澧阳平原。祖父分家时分得的三四亩田，就在这平原的边缘上。勤奋劳作的祖父，硬是靠自己种田的好手艺，把自己种成了一个富裕中农。如果不是祖父人品正、人缘好，差点就成了富农。老家那地方田土金贵，没有什么土豪地主，祖父后来的那十几亩田土，那一栋前后两进、左右两厢两耳的板壁房，在乡邻心里，已经是豪门望族了。

老屋的后面是一个大大的竹园，长满了桂竹、楠竹和多种多样的乔木，野栗树、杂檀树，都有六七丈高，夏季苍翠葱郁。园里栖满白鹤、苍鹭、灰鹳等各种候鸟，少说也有上千只，园里的树枝竹杈上，筑满了或简陋或精致的鸟巢。每日黎明，白鹤围绕着园子上下飞翔，欢悦的鸣叫吵醒沉睡的村落和田野。直到朝阳喷薄而出，才四散飞去远处觅食。黄昏时分，觅食的鸟儿归来，又是一轮翩飞欢唱，多声部的合唱直到太阳落山才会止息。

有一回，我和三婶在田野上打猪草，无意间回望半山坡上的老屋场，看见一轮硕大的夕阳悬在山顶，漫天通红的晚霞熊熊燃烧，千百只白鹤精灵般飞鸣着，每一只鸟儿都是一道闪亮的白光，飞速地彼此缠绕，编织成一幅巨大无比而又瞬息万变的生命之锦，狂野而华丽！每一声鸣叫都是一枚战栗的音符，撕裂着彼此共鸣、协奏成一场旋律奔放而又主题深潜的生命之乐，欢愉而悲怆！这是一次怎样自由而激越的生命裸奔！一场怎样壮丽而温情的生命聚会！当时，我和三婶被惊呆了。长大后，我在天安门广场见过多种情绪下的百万人群大聚会，其震撼远不及那个傍晚我目睹白鹤群飞的场景！

白鹤有一种不可思议的灵性，鸟群选择了谁家的园子筑巢，便不会有任何一只去邻家，哪怕两个园子之间只有一道若有若无的竹篱，鸟儿也不会弄错。更神奇的是白鹤北迁之后，次年回来不仅能轻而易举地找回原来的园子，而且能准确无误地找到自己的旧巢，彼此弄错或侵占的事儿绝少发生。大约正是因为这种灵性，老家人都把白鹤视为吉祥之鸟，谁家园子栖了白鹤，风水准定好。

三婶把白鹤看得很重，绝不许邻家的孩子和大人钻进园子掏鸟蛋、抓雏鸟。有一回，邻村一个二流子钻进园子掏鸟蛋，三婶拿了一根晾衣的竹篙，扑扑扑几篙将其打下树来，摔在地上两三个月还跛着脚。还有一回，我从树上的鸟巢里抓了三只雏鸟，用个竹篓养着，抓了好些泥鳅和小鱼喂养。三婶见了，硬逼着我一只一只还回去，那不容商量的神情，绝少在三婶脸上见到。

三婶终究没能守住白鹤。好像是两三年后，白鹤迁徙之后便没有再回来。是环境变化让这灵性的鸟儿感到了危险，还是这个庞大的家族在漫漫的迁徙途中遭遇了不测？没人说得清究竟是什么原因。周边的邻居私下议论，龚家老屋场要出事了，语气中有些幸灾乐祸。祖父听了一声不吭，铁青着脸，样子威严得像春节贴在大门上的门神。

四

没多久，老屋场果然出事了。

出事的是三婶。

三叔在广西当兵，三四年没有回家省亲，三婶竟怀上了孩子。肚子一天天大起来，实在遮掩不住了，三婶只好跑回娘家。三婶的父亲气得拖了根木棍便打，被三婶娘拦住了："两条人命呢，你都打死呵？！"三婶父亲扔了木棍自己用头撞墙，差点没把自己撞死。三婶父亲是死要面子的人，哪里丢得起这个人呵！夜晚他独自跑到我家老屋场，进门便要下跪，被我祖父拉住了。"造孽呵，造孽呵，我们赵家对不住龚家呵！休了她！你们休了她吧！"

祖父弄清怎么回事，半晌没说一句话。三婶怀上的孩子，是祖父生产队队长的。那是祖父的仇人。那人1949年前游手好闲、偷鸡摸狗，祖父自然看不上。1949年后，一贫如洗的他，便被土改工作队拉来当了队长。工作队一走，他便提出把祖父的成分改为富农，乡邻们都不同意。事没做成，觉得丢了面子，更是记恨祖父。三婶究竟是自愿还是被胁迫上了他的床，三婶死活没说。

三婶的父亲说："德凤是军婚，告那狗日的破坏军婚，让他去坐牢！然后离了婚你们龚家再娶个好人家女儿，赵家不能拖累了龚家！"祖父泥塑似的坐在那里，一直没有作声，等到远近的公鸡此起彼伏地鸣叫起来，祖父才说了四个字："不告！不离！"

祖父写信让三叔复员回家。那时三叔给师长当警卫，突然提出退伍，师长以为三叔不愿跟他了，就说你小子想当官了吧，给你提个排长去干吧。三叔也不知道祖父为何一定让他退伍，只猜想是祖父身体不好，执意要离开部队。师长见劝说不通，便签字同意三叔离开部队转业到成都的一家兵工厂。

三叔回家得知真相，也只说了一个字："离！"

祖父早就料到会是这样，便把三叔拉在祖宗牌位前跪下，"你跟祖宗说，我们龚家丢得起这个人不？我们祖宗从江西迁来这里两三百年，都是清清白白的名声，你现在要离婚，把这等丑事张扬出去，你有什么脸面？我有什么脸面？祖宗有什么脸面？人活一张皮，一张比纸还薄的脸皮呢！"祖父不仅没让三叔离婚，也没让三叔去成都的兵工厂，霸蛮将三叔按在了乡里。因为三叔是复员军人，回来便当了大队的民兵连长。

三婶在娘家坐完月子，三婶的父亲便将孩子送给了湖北一对没有生育的夫妇。祖父让三叔去把三婶接回来，三叔不吭声也不去，每天吃住在大队部，连老屋场也很少回。祖父知道三叔心里有气，也不强迫，暂时让三婶住在娘家休养。

还真是福无双至，祸不单行。大约是返乡半年后，三叔在大队部代销点的床上被人捉了奸，床上竟睡了两个售货员。那时节代销点卖货的，是全大队选出来长得最好看的女孩子。三叔竟一床把两个同时睡了，自然是犯了众怒，大队书记不要说，就连那些平时话都没说上一句的农民，也觉得三叔是占了他们的女人，睡一个也便罢了，竟一床睡了两个，两个都如花似玉，是可忍孰不可忍！于是群情激愤撤了三叔的民兵连长。三叔这三四年兵算是白当了，打了一个圈又当回了地地道道的农民。

三婶听说这事，心里倒是高兴，她知道用不了多久，三叔便会来接她回家了。她把在娘家这些日子做的布鞋、打的毛衣，一双一件清得整整齐齐，等着三叔上门接她。

三叔出事丢了饭碗，祖父倒没一句责怪。在祖父看来，那民兵连长跟二流子差不多，不如回家老老实实种田。祖父从梦溪镇砍了一块肉，提了两瓶酒回来，往三叔面前一扔，没说一句话，三叔竟心领神会地去了岳父家。次日傍晚，三叔和三婶回到老屋场，小两口有说有笑仿佛什么事都未曾发生。三婶走到祖父祖母屋里，放了两包点心在桌上，说了句"我回来了"，三婶的女儿便从祖母怀里挣脱出来，扑到三婶面前，妈妈妈妈地哭叫，说不清是伤心还是撒娇。

五

老屋场的日子恢复了老样子，只是飞走的白鹤仍旧没有回来。三婶还是那副红扑扑健硕快乐的样子，因为三叔在家，笑声似乎更爽朗轻快。

三叔睡过的两个售货员嫁去了外地。其中一个是奉子成婚，嫁过去六个月便生了一个七斤重的女儿。三婶听说了，还背着三叔托人送了些鸡蛋红糖去。没多久，三婶自己又生了一个儿子，虎头虎脑，模样和神情酷似三叔。三叔每天出工回来，一双泥巴手抱起儿子，又是用嘴亲，又是扎胡子，逗得儿子咯咯地笑，祖父在隔壁屋间听见了，叹了口气对祖母说："哎，这才像个家！"

后来四叔、五叔相继娶亲成家，老屋场的房子住不下来，祖父便说拆了老屋吧，各家便用老屋拆下来的木料起了新屋。拆屋那天，祖父天不亮便起床了，围着老屋一圈一圈转。只有我父亲知道，祖父是舍不得拆这栋老屋。当年修建老屋时，正好过日军，国军在附近阻击，为了修工事，周围好点的房子都拆了。祖父的房子正好上梁，好些木料堆在地上，当兵的自然就便搬走。祖父本想拦着，那是他大半辈子的心血，可当兵的哪里管这些，搬起便跑。父亲忽然灵机一动，拿起木匠用的墨斗，在自家的木料上都写上祖父的名字。国军仗打完了，祖父到工事上把写了名字的木料搬回来，邻居没说一句啰唆话，其他人便扯来扯去扯不清，好些人家还因木料动了手，伤了邻里和气。

老屋的木柱和壁板拆下来，还真的都有祖父的名字。几十年的日晒雨淋、烟熏火燎，祖父的名字仍依稀可辨。前来帮忙拆屋的老辈人还记得当年的情形，感叹人生的短暂和无常。当年帮着起屋的老辈人中，只有一个该来却没有来的人，那便是三婶的父亲。自打三婶出事他来老屋向亲家赔罪后，就再也没有来过老屋场。他觉得一张老脸丢尽了，做不起人，干脆去了远处的知青场，逢年过节也不回家。直到去世，三婶的父亲都没从丢掉脸面的打击中走出来。

三叔三婶的新屋搬离了老屋场，建在不远的一处山坡上。三间正屋，外加灶房和猪栏，虽然不及老屋场的高大宽敞、气宇轩昂，但在1949年后新起的房屋中，算是有模有样的。房子的旁边有一口很大的水塘，一年四季清波荡漾。每年学校放假回乡下，我总爱住在三婶家，一是因为跟三婶三叔亲近，二是因为屋旁的那口水塘。暑假好游泳，寒假好打鱼。水池于我，真是少年时最大的乐趣。

直到我上大学参加工作后，还时常惦记三婶家那咸得有点麻口的饭菜、那一年四季趣味无穷的水塘。

六

接到三婶病重的消息，我正在给大学生上课。三叔让人告诉我，三婶病得重，只怕过不去。病中三婶还念叨我，希望我赶回去送送她。我当即租车往老家赶，却还是没能赶上。三婶得的是脑溢血，患病不久便昏迷了。此时我才明白，因为三婶吃得咸，导致了家族病比别人发得早，她走时才四十岁多一点。

前来吊丧的人中，我看到了一个孤单的年轻人，悲戚而又心神不宁的样子，似乎没人认识，也不知道该站在哪里，眼泪无声地挂在脸上，远远地望着躺在棺木里的三婶。后来三叔告诉我，三婶病重时，他只通知了我和那个陌生的青年，就是三婶与外人生的那个孩子，现在他是武汉一所著名大学的学生。三叔一边用粗糙的大手抹泪，一边哽咽着说："我知道你三婶最疼爱的是你、最挂念的是他，虽然嘴上从来不说，但毕竟是她身上掉下的肉。我打听了好久才找到他，想让她能见上一面，可她还是没等到，也就一天时间，她到底没撑住。你三婶的命真是苦呵，活着只想到做事，没享过一天福，临死了，两个最想见的人也没见上！"说完，三叔便号啕大哭起来，那哭声像受伤的野兽一样从胸膛里发出来，在漆黑的夜空里回荡，那是我一生中听到的锥心到恐怖的哭声，几乎不是哭而是吼，是号，是整个生命的痉挛！

送葬的队伍很长，乡邻们是自发赶来的。我跟在棺木后面，看着抬棺木的八人龙杠，看着棺木周围纸扎的白色仪仗，听着一路上噼噼啪啪的鞭炮，我竟想到了三婶出嫁时的情形。一样走在田间的送行的亲朋，一样不歇气的鼓乐吹打，一样在阳光下招摇的仪仗，一样炸不断线的鞭炮，一样八人抬着晃着的龙杠……

从八人抬进喧闹的洞房，到八人抬进死寂的墓穴，三婶的生命仿佛只做了一个短暂的停顿。老屋场上的那些欢悦和悲怆，似乎只是抬轿人在途中放下抬杠歇了歇肩，等到抬轿人喘口气、喝口水、抽支烟，又吆喝一声继续上路。

半坡旌幡，满山哭号。看着三婶被放入墓穴，一铲一铲的黄土埋下去。恍惚中我看见一只白鹤飞上天去，那是三婶的灵魂吗？我不确定人是否真有灵魂，但我确定真的人生是埋不掉的，哪怕像三婶那样普通得如油菜花、紫云英一般的农妇，只要有爱有恨、有血有肉地生活过，生命便埋不掉。夕阳热烈而冷漠地悬在山头，忽地我又记起了那个傍晚和三婶看到的鹤舞夕阳的图景、那场令我震撼的生命聚会！鹤因何而聚，又因何而散，没人说得清；人因何而聚，又因何而散，也没人说得清！生命只要聚集着，无论那鸣叫是欢愉还是悲怆，那舞蹈是轻灵还是沉重，便自有一份尊重、壮丽和温情！

白鹤迁走了，老屋场失去了原来的祥瑞；三婶离去了，三叔失去了原来的风采。这位往日的翩翩少年，如今已头发稀疏，满脸褐斑。只是腰板依然挺直，步伐依然劲健，看得出是有一种力量支撑着，固执地和年岁抗争。三叔时常从新屋场走回老屋场，独自坐在晒坪的老石碾上，守着园子里尚存的那几株高大乔木，看飞走的白鹤是不是又飞了回来。

"老屋这边说人死了，就说驾鹤去了。三叔说三婶走时年轻，应该还可以驾着那群飞去的白鹤飞回来。"

老屋场上的晚辈告诉我。

日子疯长

走不出的小镇

梦溪不是一条水，是因水而生的一个小镇。

摊开分省地图，依稀可从湘鄂毗邻的区域，找到两条标示河流的细线，一称蛟河，一曰涔水，各自在山野丘陵盘桓百余里，于澧阳平原北端交汇。然后不急不缓，流淌过数十里沃野，经津市注入洞庭。坐落在两水交汇点上的那个小镇，便是梦溪。大约民国初年，政府设乡公所于此，后来乡区的名字，也便冠了"梦溪"。

第一次见到小镇，是在祖父的箩筐里。二十世纪六十年代初，父母响应政府号召，从澧县一中下到乡镇，选择的便是父亲的故乡梦溪。祖父一担箩筐将我和妹妹挑回了祖籍。祖父从浓荫的桑陌爬上堤岸，登上一条旧得有些发黑的渡船。艄公粗粗地吼了一声，大约是乘客站稳的意思，便竹篙往堤上一撑，将船朝对岸划去。

我从箩筐里站起来，望见对岸高高的大码头。大抵正值枯水季节，渡船行走在低低的河心，从水面一级一级看上去，码头似乎高到了云端。码头边耸立着的木房子，清一色悬在岸边，与高大敦实的码头一衬，飘飘浮浮显得轻灵。

船抵码头，我兴冲冲跳上岸去，沿着码头一级级往上爬，一口气爬到顶端。站在光溜溜的青石街头，回首望去，两条清悠悠的河水，一宽一窄，T字形交汇在码头边。窄的河上跨一座三拱石桥，连通北岸南岸，宽的河面上有渡船往来。河岸边远远近近泊着木排，还有晾着花花绿绿衣衫的乌篷船。码头边则靠着好些摇摇晃晃的渔划子，渔妇们坐在自家的船头上，一面说笑一面补网。河对岸是一眼望不到边际的桑树林，苍苍翠翠地荫在明晃晃的阳光里，似乎藏了好些秘密与乐趣……

我的童年与少年，就这样由祖父一箩筐担到了这个陌生的小镇。

一

小镇横跨涔水西岸、蛟河北堤，由西向东一条独街，因大堤西折东曲而蜿蜒，长两三里，居二三百户人家。两厢房屋相向而构，中间夹一条青石街。石板已被踩光磨平，下雨天照得见行人的身影。没有一二百年的人气与烟火，断然熏染不出石街这颐和温润的成色。

街道虽不长，却也分了好些街市。往西走的一段叫西堤，朝东去的一截叫河街，其间还有一步街，都只一袋烟的行程。居民的营生，大多相类而聚。正街上多百货匹头、五金日杂的店铺；河街则打鱼行船、挑水扛货，吃水上饭的居多；西堤上也有些理发修脚、磨刀补锅的铺子，多数却是在街边上摆摊炸油货、蒸米糕的摊贩。无论住在哪段街上，居民大体各干各的，并不因眼红他人而改换行当，即便是祖上传下的生意与人重了，亦不会刻意地压价竞争，谁家是谁家的熟客，彼此都守个界限。街市上就这一些居民，只养得活这些商家，大家图个安安稳稳居家过日子，并无发财成贾的梦想。除却年节，平素的生意不兴隆亦不清淡，一日一日长流水的样子。

镇子热络的是大码头。上游下来的木材、桐油、山货，下游上来的布匹、洋油、海味，都在码头上搬上搬下。本地出产的稻米、菜油、棉花，也有运往上游下游的，亦在码头上装装卸卸。除了这些转运的生意，清晨打鱼上岸的渔民、担水送柴的脚夫、捣衣浣纱的妇人，把个码头弄得熙熙攘攘。黄昏时辰，码头则是孩子的天堂。放学未及回家，书包衣裤往码头上一扔，便一头扎进清澈的河水里，比谁的猛子扎得远，比谁的仰游时间长，比谁的狗爬速度快。如遇木排上哪个孟浪的排客脱光身子洗澡，逗惹

祖父一担箩筐将我和妹妹挑回了祖籍。

祖父从浓荫的桑陌爬上堤岸，

登上一条旧得有些发黑的渡船……

祖父一担箩筐将我和妹妹挑回了祖籍。

祖父从浓荫的桑陌爬上堤岸，

登上一条旧得有些发黑的渡船……

得满河的孩子起哄吆喝，若不是家长责骂呼唤，没人记得起回家吃饭……

二

河水东逝，依地理，小镇的龙头应在西堤，恰好西堤最西端，又是青砖青瓦的区公所。高高的白粉围墙，圈着砖木结构的三层小楼，典型的民国风范。围墙上疏疏落落爬些野藤，小楼绿苔侵阶，斑驳中透着庄肃。因为经年，院墙内乔木拱矣，夏日浓荫沁人。楼前有两架葡萄，籽小汁浓，轻轻一吮甜到心尖，是暑期我与伙伴们最惦记的地方。看见偷摘葡萄的孩子，过往的干部也会喊一两声，却并不真的跑来驱赶，也就是吓唬吓唬。偷葡萄的也不真的惧怕，不紧不慢褪下衣衫，兜了偷摘的葡萄，一溜烟奔过大堤，扑通扑通跳进缓缓流淌的河水，边吃葡萄边打水仗，直到精疲力竭，才一步三摇地爬上开满野花的河岸。

区公所再往西，便是平坦的田畴。四时的农事，皆有农户耕作，田野的景致，亦因四季作物更替而变幻。春季是油菜和紫云英，早春碧绿碧绿一如辽阔的草场，低矮的农舍杂陈其间，无序而妥帖，看上去天生如此的样子。待到仲春，紫云英小小的花朵怒放，在田野上拉出一道一道紫红的色带。稍后成片的油菜花开，金黄的花畦在碧绿姹紫的田野上鲜亮得晃眼。蓝天白云的苍穹很高很高，姹紫金黄的田野很远很远，天地间寂寥得只剩下嗡嗡的蜜蜂飞来飞去。各种花朵的香味混在一起，甜甜的浓得黏稠。偶有布谷鸟从空中飞过，唤醒田野上微醺的农人。时至今日，我仍觉得那才是春天的色彩与气息。

进入盛夏，无论丰年歉年，田野一派忙碌。抢收抢插加上抗旱，农民自当披星戴月，镇上的干部、教师、学生和居民，一例也会扛着旗帜到田头支农。打稻机的轰鸣混着犁田老农的吆喝，车水男人粗糙的夜歌和着插秧农妇放浪的调笑，收获的欢愉与劳作的亢奋，充斥田野和小镇。每年打下的第一批稻谷，照例会早早地整成新米送往镇里的米肆，于是家家户户涮锅换盅，烹煮当年的新米。

收过秋稻，干爽的田畴上高高地垒起无数草堆。白日里除了赶着鸭群的牧鸭人，见不到其他人影。鸭子吃饱了散漫地卧在田里歇息，牧鸭人也斜躺在稻草堆上睡了。凉凉的秋风掠过，田野慵懒而静谧。

冬天平原上风烈，一宿呜呜的北风，早晨开门必是漫天皆白。远处的农舍被埋成小小的雪堆，近边的绿树也被积雪压得枝干弯曲。大人自然蜷在火炉边不肯出门，孩子们则不约而同地跑到白雪皑皑的田野上，堆雪人，打雪仗，一双小手冻得通红，回家火上一烤，夜里便生出无数冻疮。

三

　　小镇的尾梢是家油坊，镇上人习惯叫油榨。小镇周边十里八乡的菜籽、棉籽都被送到这里。榨坊里有大小三四副榨床，大的长二三丈，用两三人合抱的木头挖空而成，外面钉着粗粗的铁箍。菜籽棉籽要先炒熟，然后上榨床榨油，因此一年四季，油坊里热气腾腾，即使是数九寒天，榨油佬也只穿一条油渍渍的短裤。榨油的木槌高悬在屋梁上，榨油时须两个壮汉将榨槌合力往后推，直至高过头顶，然后松手闪人，木槌重重地撞在榨床上，榨床上的油饼，便汩汩地渗出油来。新榨的油香，从榨坊飘出去，东北风一吹，满镇都浸在油香里。

　　油坊往东，便不再有街舍，只剩下一条宽宽的土堤伴河而下。大堤外侧河道甚宽，生长着大片大片的芦苇。就因了芦苇荡望不着边际，小镇人不称芦荡而称芦山。芦苇春天发芽，几场春雨便绿葱葱地长成青纱帐。芦山里沟港纵横，春水一发，河里的鲫鱼、鳜鱼、鲶鱼逆水而上，游进芦山的沟港浅水处甩子产卵，小镇人操柄鱼叉，在水边守上一晨，便能叉得满篓满篓的鲶鱼、鲤鱼，运气好了，一条便能上十斤。秋至霜降，芦叶黄苇花白，艳阳下的芦山似乎独占了满世界的秋意。赶在小镇周边的农民尚未进山砍伐芦苇,镇上的孩童便不分男女,一队一伙地钻进密匝匝的芦苇丛里,寻鸟蛋,捕雏鸟,追野兔,再不济也能在未及干涸的沟港里捉些小蟹小虾。

大堤的内侧,是一湖一湖的莲藕,夏天莲花盛开,白的红的艳得浓烈,远看如印象派大师的油画,浓得化不开,近观却又婷婷袅袅,不依不傍,各自风姿独领,其韵致非国画写意难以言状。莲湖之于小镇少年,更难抵御的诱惑,还是褪尽了花瓣的嫩莲蓬。如能找到湖边的小船,自然是边采边吃,直到肚子胀得满满。如若找不到小船,便衣裤一脱,赤条条地下水。莲湖里除了莲蓬,还有嫩生生的新藕和菱角。等到将这些采齐上岸,身上已被荷秆和水草划出一道道血痕。

四

码头对岸的桑园,区划不属小镇,但对小镇的孩童与少年,却是割舍不去的一片乐土。因了这片桑园,镇上差不多每个孩子的书包里,都会藏一个小盒子,里面装着蚕宝宝和嫩嫩的桑叶。课堂上不论老师多么严苛,学生都会偷偷地打开盒子,看蚕宝宝吃没吃桑叶,有没有拉稀。课间则各自捧出盒子攀比,谁的蚕宝宝多,谁的蚕宝宝大,争着吵着,急了也会动手动脚,推搡中谁失手打翻谁的盒子，弄死了蚕宝宝，便会闹到老师那里。老师便将另一个孩子的蚕宝宝一分为二，算是做个了结。

父母担心误了读书，对孩子养蚕并不支持，待到蚕宝宝一天天长大，便也觉得很可怜爱。于是偷偷摸摸变成名正言顺，蚕宝宝也由盒子藏着变为簸箕养着。春夏两季，好些人家的门口，都摆着一两个养蚕的簸箕，初来乍到的外乡人，还以为养蚕是小镇的产业。蚕老结茧，孩子们并不拿去换钱，只是摆在那里等待破茧成蛾，产卵孵化新的蚕宝宝。一年两季，年复一年，孩子也便在这成蚕成茧的轮回中，不知不觉长成了少年。

桑园藏着的另一份惦记，是蜜甜的桑葚。初夏季节，翠绿肥大的桑叶里，星星点点的桑葚结出来，由青而红，由红而紫。骑在粗壮的枝杈上，一边采叶一边吃桑葚，浓稠的汁液染紫了嘴唇，也染紫了双手和脸颊。

码头的西侧，是横跨小河的石拱桥。桥的另一头，是叮叮当当的船厂。每至盛夏，便有一条条木船从河里拖上岸来，反扣在烈日下补漏塞缝上桐油。拱桥是麻石筑构的，工艺甚精细，民国以降的石匠难有这般手艺。以此考据，年代当在清中晚期，大抵也是小镇存世最老的建筑。石桥两端各踞一对石狮，神态颇肖，传说月圆的夜晚，会跑到对岸的麦田偷吃青青的麦草。故事编得牛头不对马嘴，连孩子也不信，然故事却照例一代一代往下传，这大概正是民间文学的可爱处。

街道北面的驼背堰，形若橄榄，长约二里。街市北厢的几十户人家，外加大戏园、肉食站等处所，皆在堰塘边上。堰很深，四季水位不变，传说水底有天坑暗河之类，故镇上再顽劣的男童亦不敢下堰游泳。

南河北堰，两水相夹，其间的街市便犯了风水。故小镇百十年里，既出不了权豪势要，也出不了富商巨贾。老辈人讲得多的，也就是谁家出过一名上校团长，但那时国军败局已定，顶个空衔，并未真的统领一彪人马。

<h2 style="text-align:center">五</h2>

相比风物，小镇的有趣更在人事。

小镇自是没有惊世骇俗的人物，也无惊天动地的事件。江山改姓，皇城易帜，小镇依旧是白昼开门迎客、夜晚闭门教子。民国以来隔三岔五的社会变革，大多治标不治本、换汤不换药，到头来既壮不了小镇的体，也医不了小镇的病。真的能让小镇的日子起些动静、生些变故的，反倒是小镇居民的来去生死。小学里多了一位读过私塾的老师，卫生院里走了一个会推拿的医生，都是小镇人绕不过的大事，茶馆酒肆，乃至夫妻床头，会是好长一段日子的谈资。故小镇的所谓有趣，无非是养家糊口上营生不循常规、待人接物上脾性不入流俗。起初相处难免讶异，彼此熟了也便相容相契，几日若是没能碰着，便会有一种隐隐的缺失，甚至挂记是否出了事由。天长日久，这些人反倒成了镇上最被关注和惦记的人物。

正街上的戏院里，住着一个值更的老人，姓高，名讳不详，人称"高伯啦"。在小镇上，"伯"后面加上"啦"，便于亲昵中带了些许戏谑之意。高伯啦有多老，镇上似乎没人知晓，反正小镇上住着的人，记事起便听着他打更的喤喤锣声。戏院年久失修，慢慢不再有演艺事宜。高伯啦孤老一个，白天睡在戏院的舞台上，夜晚则一手提着一盏昏暗的马灯，一手提着一柄敲得锃亮的铜锣，从街头敲到街尾。家家户户的灯光，从木板房子的缝隙里泻出来，在石板上泛着青光，细雨湿街，行人如魂。"各家各户，小心火烛呵。"——喤！只有值更老人苍老的喊声和沉闷的锣声，醒里梦里夜夜守护着小镇。镇上的孩子，习惯了梦中隐约的铜锣声，大人则听着高伯啦的提醒查看灯火，然后脱衣上床。哪天没有锣声，必是高伯啦病了，街上好些人家定会误了上床睡觉的时辰。后来，接连好些天没听到高伯啦的铜锣声，才知道老人已经过世。镇上人埋葬时，找不到一件像样的物件陪葬，便找来那柄铜锣，一并葬在了大堤上。至此，小镇没了值更老人，没了喤喤的铜锣声，也没了夜半三更听得见的那一份安妥与祥和……

六

与值更老人年龄相若的，是住在桥拱下的叫花子。叫花子云游四方，镇上人并不在意从何而来，以为也就是游乡串街三五日。直到他在石桥拱下安营扎寨，没有再走他乡的意思，便默认镇上又多了一位居民。

叫花子既不打喜道贺，也不沿街行乞，每日傍晚从乡下归来，自己生火烧饭。叫花子起得早，公鸡打鸣便背一根带木柄的铁钩、挎一个发黑的竹篓出镇，在十里八里的河岸下田坎边抠乌龟、捉王八、钓黑鱼、踩黄鳝，只要是水里游的鱼鳖虾蟹，没有他抓捕不到的。好多个周六周日的早晨，我跟着叫花子串乡，见识他抓鳖捕鱼的各种奇技：熹微的晨光里，他能从田坎边一行浅浅的脚印，判断是龟还是鳖，在洞里还是出洞觅食了，然后轻而易举地找到洞穴，将铁钩伸进去一掏，便有龟或鳖仓皇出洞，大的捉来丢进竹篓，小的任其逃走。我要去抓，他会拦着说："小的也抓了，明年吃什么？做什么事都不可以绝代！"晌午走到湖边，叫花子用钩子拨开一丛水草，看见水面上有若隐若现的油花，便认定是黑鱼孵卵的窝子，于是掏出一枚麻绳系着的钓钩，抓一只小青蛙钩上，在水面上轻轻摆动，不一会儿，便有一条黑鱼扑上来咬住青蛙，叫花子用劲一提，黑鱼便被钓上岸来。每个窝里都有公母

叫花子起得早，

公鸡打鸣便背一根带木柄的铁钩、

挎一个发黑的竹篓出镇，

在十里八里的河岸下田坎边抠乌龟、捉王八……

叫花子起得早，

公鸡打鸣便背一根带木柄的铁钩、

挎一个发黑的竹篓出镇，

在十里八里的河岸下田坎边抠乌龟、捉王八……

两条黑鱼，叫花子从来只钓一条，说如果两条都钓了，刚孵出的小黑鱼没大鱼护着，会被青蛙或别的大鱼吃掉。

那时节小镇人还不吃龟鳖，一是因为龟鳖乃灵性之物，吃了损德折寿；二是因为其味腥臊，如同狗肉上不了正席。小镇人甚至连鲶鱼、黄辣丁一类的无鳞鱼都不吃，觉得既为游鱼，无鳞当属异类。叫花子捉回的龟鳖之类，大多卖给了食品站，运往大城市出口。食品站打下来的，便背回家自食。回到桥拱下，叫花子三下两下将龟鳖内脏收拾干净，拿出一个黑乎乎的砂罐，在河里舀一罐清水，将龟或鳖放进去，架在石头堆垒的灶上慢炖。不一会儿便香气扑鼻，弥漫一道河岸。孩子们闻着嘴馋，眼睛直勾勾地盯着叫花子，叫花子便说："这东西吃了损阴德呢！"孩子们仍是不肯散去。时间久了，叫花子便由了孩子们你一口我一口地喝汤吃肉，自己站在一旁嘿嘿地笑。

父亲担心我"跟狐狸学妖精"，长大了立志当个叫花子，狠狠地揍了我一顿，甚至扔给我一床被子一个碗，让我跟叫花子过去。我背了被子往外走，三天没回家。父亲见激将不起作用，便跑到桥洞里找了叫花子。不知父亲和叫花子说了什么，反正他们由此成了朋友。叫花子不仅把我送回了家，还隔三岔五往我家送乌龟。叫花子每回只到校门外，将乌龟交给我，似乎是害怕别人看不起，或许是怕别人笑话我们家。父亲按叫花子教授的方法，将那些三两重的公乌龟从两侧敲开，扔掉肠肚，然后填塞作料，和血用荷叶一层一层包裹，再将草纸浸湿包上三层，最后用稻草糊泥巴，裹成一个大泥球，放在木柴火上烤干，再在火灰里埋上一天一晚。待到敲开泥巴剥去荷叶，便是又香又嫩、热气腾腾的绝世美味。一年半载，常年生病的父亲竟硬朗起来。父亲是小镇上的名师，他的现身说法，不经意使叫花子成了镇上的传奇。叫花子却并不为之改变，依旧早起晚归，依旧抠龟捉鳖，不同的是每晚回来时，会有好些人等在码头或桥头边，买他的乌龟或老鳖回家。

叫花子后来还是离开了小镇，何时何故，仍旧无人说得清。上完大学回家，我曾向父亲问起，父亲半是回答半是感叹："云游天下的人，应天之约，席地为家啊！"

七

小镇上另一个忘不去的人是青敏。

青敏是下江人，随夫嫁到小镇，住在河街的吊脚楼里。其夫毕业于陆军大学，是驻扎南京某王牌师的一个连长，与在女校读书的青敏因联谊相识，不久便定亲完婚。镇上上年纪的女人，说起青敏当年乘船回小镇的情形，无不绘声绘色。青敏夫妇从木船登上码头，男的一身笔挺的美式军装，眉目清朗，英气勃勃。身边挽着的夫人，一袭湖蓝的短旗袍，一把粉红的油纸伞，明眸皓齿，微颦时一对浅浅的酒窝。脸上的稚气尚未褪尽，身材却凹凸有致，丰腴妖娆。小镇女人只在洋片上见过都市女人的时髦，如今却见青敏顾盼生辉、婷婷款款地从身边走过，差点没艳羡得跌下眼珠来。

军人度完假便乘船走了，说是前方战事吃紧。青敏送到码头，望着木船远去的下游，呆呆地坐到值更的锣声响起。之后每天傍晚，无论晴雨，青敏都会站在码头上，看千帆过尽，数三更五更。再后来听说年轻的军官来过一封信，大意是部队即将撤往台湾，嘱青敏返回下江另觅人家。青敏捧着那封信，大约半月未出家门。待到再从吊脚楼里走出，青敏一脸浓妆，嘴里哼着小镇人听不懂的下江俚曲，直径径地走到码头边，对着河水一遍一遍地洗头发。邻居叫她，只是嘿嘿一笑，然后不再理睬。小镇人不禁叹息：作孽啊，青敏疯了！

年长的女人一起商议，青敏是犯了花痴，只要再找个男人，病便好了，于是张罗着给青敏做媒。青敏长得好看，愿意娶她的成群结队，只是每回保媒的和青敏说起，青敏便嘿嘿一笑，坚定地直摇头，神情十分清醒。青敏不允，做媒的事便不再有人提及。只是家中做了什么好菜，女人们会盛上一小碗，让孩子们送到吊脚楼去。假期孩子们无聊，看见青敏化了浓妆去码头，便跟在后面"疯子疯子"地喊，谁家女人听见，必定拉开木门将起哄的孩子赶开。"文革"开始那年，县里来的红卫兵将青敏捆绑了，挂上破鞋拉去游街，河街的几个女人看见，一边死拉硬拽将青敏抢出来，一边破口大骂："她是疯子呢！你们作践疯子，缺德呢！作孽呢！要绝代的呢！"

八

　　若论镇上有权势称得上人物的，只有韩麻子。"文革"中后期，韩麻子是公社的书记。

　　韩麻子出身甚苦，儿时犯天花家贫失治，落下一脸豆大的麻子。1949年干部找到他，是在东家的牛棚里。韩麻子大字不识一个，参加革命后，在扫盲班待了三个月，还是连自己的名字也写不全，后来当了领导签字，多是公社的文书代劳。那时节不识字的南下干部多，官也比他大，因而只要工作拿得下，并不遭人嫌弃。韩麻子记性奇好，领导的报告听一遍，回来传达几乎一字不漏。韩麻子能说会道，上头的精神他能用方言俗语说得神采飞扬，听的人也津津有味。他让下面的人工作各自负责，便说"这点卵事不要推三搡四呵，狗子舔鸡巴，各舔各"，弄得大家哄堂大笑。

　　韩麻子不肯待在办公室，赤脚一打便到乡下转，车水便车水，插禾便插禾，冬季担土筑堤，韩麻子挑得比民工还多。红卫兵跑到镇里闹革命，他叫上民兵一顿驱赶："抓革命抓革命抓你娘的鸡巴，老子只促生产不抓革命。"韩麻子根太正苗太红，这话传到上头终究没人将他怎样。

韩麻子最起劲的是冬修水利，农闲的三四个月，吃住几乎都在堤上。他执政的几年，大堤一层层垫高，一遍遍夯实。谁要偷工减料被他发现，便是一顿臭骂："狗日的懒东西，现在持奸把滑磨洋工，明年大水来，把你的狗窝冲个精卵光！"

小镇地处洞庭湖冲积平原，原本十年九涝，决堤溃垸是家常便饭。打韩麻子筑堤之后，小镇近边的大堤，真就再未溃决。也有水大的年份，洪水从涔水蛟河漫过小镇的街道，大堤却岿然不动。镇上最恨韩麻子的石伯啦和吴伯啦私下也说："狗操的麻子骂死人，但这堤要不是他个哈卵，只怕还是年年修年年垮！"

九

石伯啦和吴伯啦，祖上都是开杂货铺的，公私合营后都到供销社卖货。有祖上传下的生意经，把个门市部打理得光鲜顺当。凭票供应的糖烟酒，他们总能匀出些份额给自己看重的人家。每回我去买烟或糖，不管他们谁在，总会多卖一些给我，并嘱咐吃完了再来。韩麻子烟瘾大，烟抽完了，想找他们开点后门，这俩老头偏不给面子，因为每年冬季修水利时，大家都要上堤，石伯啦和吴伯啦想开后门溜个号，总被韩麻子骂个半死。

石伯啦又瘦又矮，一脸的尖酸刻薄，待人却和气热络；吴伯啦胖胖墩墩，脸上一团和气，举止却甚是谨慎，说话有一句没二句。两人脾性虽殊，相处倒也融洽，各自往来多的，还是当年自己开店时的熟客，谁给自己的熟客多一点糖烟，另一个装作没有看见，彼此心照不宣。他们间唯一的竞争，便是比谁家孩子生得多，你一个我一个，谁也不让谁，最后每家都生了十来个，而且儿女花胎，终究没个输赢。

镇上的人家将生育这事看得重，只要没被抓去扎了，躲躲藏藏也要生出一窝来。生得少的只有食品站的范麻子，还有鱼行里镶金牙的谢伯。范麻子也是一脸麻子，只是颗粒比韩麻子小，成婚没多久，老公便跑了，生了个女儿却如花似玉，公认的小镇一枝花。饶舌的妇人们凑在一起，总说这女儿不像范麻子的，应该是河街上青敏的。

谢伯骨骼粗壮，声音也嘹亮，谁家的鱼卖了几斤几两，她在码头边的鱼行唱报，河街西堤都听得到。鱼行里的伙计驼背，被她呼来唤去的如使家奴。谢伯也只生了一个女儿，是我小学的同桌。她家就在鱼行背后，买鱼时常去她家玩，从未见过家里的男人，班上同学便讪笑驼背是她爸。谢伯知道了，跑到学校破口大骂，金牙在阳光下一闪一闪，到头来还是没说明白孩子她爹究竟是谁。

初到小镇的外乡人，但凡沾点文墨的，都会问及梦溪地名的由来，以为与沈括的《梦溪笔谈》能扯上点关系。镇上知道沈括的人原本不多，说得清地名由来的当然更少，即使老辈人，也只知道小镇原名梦溪寺，大约此地有过一座颇有名气的寺庙，只是谁也没见过寺庙的半砖片瓦，寺庙的遗址在哪里，亦不可确定，究竟古寺因小镇而名，还是小镇因古寺而名，更是无人考究。

小镇人之不关注历史，一如其不关心未来。有点文化的说"一代人有一代人的活法"，没文化的说"麻绳打草鞋，一代（带）管一代（带）"。镇上人家能生多少生多少，生下来后怎么生活、如何发达，其实没人操那么远的心。"日子不都是这么过呵"，小镇人永远活在当下。沈从文"使人乐生而各遂其生"的社会理想，于小镇确乎是一种原生的生存意愿和混沌的生活信仰。

洞庭湖冲积而成的澧阳平原上，如梦溪一般的乡村小镇何止一个两个，保河堤、曾家河、如东铺……在平坦的田野上，任意朝哪个方向走上二三十里，都能遇上一个依水而筑、竹木葱茏的小市镇。单单的一条石板街，百十栋前店后院的木板房，母鸡带着雏鸡在街上觅食，肥猪在屋后的稻田里滚了一身泥巴，大摇大摆地从青石板上走回家。聚居的街市与散落的农家隔田相望，鸡犬之声相闻，童叟皆有往来。得田土物产而市，因官商行旅而驿，居街市而近村落，行商贾而忧丰歉。在农耕中国的结构中，小镇是天然的经济运行单元；在权力中国的体制里，小镇是厚实的政治缓冲垫层；在科举中国的传承下，小镇是丰富的人才资源储备。星罗棋布的乡下小镇，是中华大地上最本色的审美元素、最自主的经济细胞、最恒定而温情的社会微生态。

在常与变角力的社会演进中，小镇是守常的力量。春秋代序，守四时农事之常；甲子轮回，守生老病死之常。不以丰盈而恣乐，不因亏歉而颓唐。人生的酸甜苦辣，被小镇人在乡野的日晒雨淋中酿成了一缸酱，无论天顺地利，还是天灾地荒，年景虽异，生活却一例是简朴平淡的味道。春茶再苦亦回甘，腊酒再淡也醉年，添丁添喜亦添忧，逝老是悲也是福。以物喜亦以己喜，以物悲亦以己悲，喧嚣世事淡漠看，无常人生守常过。一天一天，一年一年，一代一代，说迷糊小镇的日子是真迷糊，说清白小镇的日子也是真清白。

有多少人的童年与少年，如我一般在小镇上度过，感受着绚烂而质朴的农事之美，浸淫着混沌而质朴的生存之真，无拘无束地一天天长大。人愈大小镇便愈小，人大到可以奔走世界，小镇便小得逸出了世界。当我们将世界几乎走遍，才发现这一辈子的奔走，仍没能走出那个童年和少年的小镇。

再回梦溪，岁月以往，小镇已往。

世事变迁，沧海桑田本属天道，只是仅数十年光阴，延绵千百年的乡村小镇便物不是、人已非，仍不禁令人惶恐与悲悯。小镇之于耕读传家的国人，是审美的生命记忆，是生存的文化基因。梦溪小镇的消殒，于我是一种童年与少年生活的伤逝，是个体生命的不绝隐痛，而千万个梦溪似的小镇的消殒，于后代则是一个人种生命基因的缺损、一个民族文化血脉的断裂，是苍茫乡土之殇，是芸芸众生之殇。

我当然也知道，不仅乡村与小镇，这世界到处都在变，变得与记忆不同。我所希望的只是，这不同是更加有趣和美好！

梦溪不是一条水，是我生命中以往的一段童年和少年；梦溪不是因水而生的一个小镇，是大地上千万个小镇已往的一个缩影和宿命……

日子疯长

大姑

一

祖母嫁进龚家，一口气生了九胎，月子里丢了两个，养活下来的有五男两女。老家人说孩子病亡，不忍用"死"与"亡"之类的词，只说是带丢了。

大姑排行老五，是家里头一个女儿。前面齐扎扎排了四个儿子，祖父祖母中年得女，理应格外宝贝。或许那时家中人丁已多，俗话说"添口如添刀"，添男添女对祖父来说都是添的负担；或许那时祖母生产已多，俗话说"儿多母苦"，生儿生女对祖母来说都是磨难，总归大姑在家里，并未得到该有的恩宠和偏爱。

大姑出生后，祖母三天两头生病，时常在床上一躺十天半个

四叔和邻居家的孩子背着书包上学，大姑站在老屋的禾场上，一手牵着小姑，一手拉着幺叔，呆呆地望上好一阵子。

月。小姑和幺叔生下来，除了二婶能给祖母搭把手，洗尿片、喂饭食、摇摇篮都是大姑的事。大姑发蒙上学没几天，家里的事缠着走不开，便扔下书包辍了学。父亲曾和祖父商量，让大姑复学读书，祖父两手一摊："老六老七谁来带呵？"父亲想了想，也没有找到好办法。祖母躺在床上暗自落泪，说这丫头命苦！大姑见父亲为难，便扯着衣袖宽慰父亲："哥，我喜欢在家带弟妹，不喜欢读书，我一读书就脑壳疼。"

早上，四叔和邻居家的孩子背着书包上学，大姑站在老屋的禾场上，一手牵着小姑，一手拉着幺叔，呆呆地望上好一阵子。有时会情不自禁地跟着走出好远，直到祖母呼喊，才牵着弟妹若有所失地往家走。

等到小姑和幺叔也长大发蒙，背上书包加入上学的队伍，大姑已过了上小学读书的年龄。

二

大姑的长相从祖母，身板薄，颧骨高，眼窝深，头发细软稀疏，看上去病恹恹的样子。如果将缠在祖母头上的青纱巾摘掉，大姑是祖母脱的一个壳。好在大姑瘦归瘦，倒并不怎么生病，洗衣、做饭、砍柴、喂猪的家务再多，也没见大姑倒过床。父亲回老家，见大姑屋里屋外忙得一身大汗，便拉着她歇会儿再忙，大姑总是一边擦汗一边笑笑说："哥，我是筋骨人，熬得起！"

我与大姑亲近，是因为大姑于我有一份特殊的恩德。

小时候，我有脱肛的毛病，托了好多郎中找偏方：煨刺猬、蒸白鼠，什么乱七八糟的单子都试过，就是不见好。每回蹲在禾场上拉屎，一坨粉红色的肉脱出来，公鸡母鸡围上来，你一嘴我一嘴，啄得血淋淋的。大姑见了，拖根竹篙便打，打瘸了好几条鸡腿。大姑把我搂起来，让我平卧在她怀里，拿块干净布片垫在脱出的肛门上，用手掌轻轻轻轻地揉，慢慢地将脱出的肛门揉进去。我在老家的几个月，大姑每天要揉三四次。待我离开老家回梦溪小镇时，脱肛的毛病竟被大姑揉好了。

父亲好多次对我说："你这辈子，谁的恩都可以不记，大姑的恩你要记得！"

大姑的婚事定得早，说的是肖河桥一户彭姓的人家。从梦溪回老屋，肖河桥是必经之路。肖河其实是条溪沟，宽不过三四十米。因为上游有个浩大的赵家峪水库，雨季泄洪水急量大，河床越冲越深，河坎到水面竟有二三十米高差。肖河桥便架在这高高的河坎上。桥的跨度虽不宽，木结构的桥面和护栏也还结实，但桥面到水面的距离太高，河床里的流水湍急奔涌，行走在桥面往下看，还真有几分骇人。桥的东西两端，分别聚了二三十户人家，青瓦木屋，梭板门脸，各自做些日杂南货、鞭炮肉食的小营生。彭家就建在桥东的河坎上，房子和门脸在几十户人家中是最阔气的，算得上肖河桥的大户。

彭家倒也是本分人家，生意做得和气，街邻相处亲善。老板娘早逝，老板也没有再续，自己带个独生子打理门面。和大姑订婚的，就是这个独生子。

祖父和乡邻觉得这是一桩好姻缘，父亲却不赞同。父亲十二三岁到县城上中学，走的都是肖河桥这条路，没少到彭家的店铺喝口水、买点吃的，彭家的独子父亲打小就认识。父亲说彭家独子从小娇生惯养，好吃懒做，胆小怕事，大姑嫁过去会遭一辈子孽。祖父觉得彭家家底殷实，人口简单，人老实点对大姑还好些。大姑的婚事当然是祖父说了算，彭家一顶花轿，吹吹打打，将大姑热热闹闹地抬到了肖河桥头。

对祖父一向恭顺的父亲，在大姑的婚事上较了真。大姑出嫁，父亲应该作为上亲送妹妹去彭家，不管祖父怎么骂、祖母怎么劝、大姑怎么求，父亲硬是犟着没去。此后父亲从小镇回老家，路过大姑的家门也不歇脚喝口水。有一回正巧大姑在门口，看见父亲便扯父亲进家门，父亲站在街边上就是不挪步。最后是大姑的儿子一面大舅大舅地喊，一面拉着父亲的裤腿不松手，父亲才坐在大门外喝了一碗茶。

那时大姑有了两个孩子，大毛三岁，二姐一岁，都长得标致伶俐。尤其是大毛，用老家的话讲长得手长脚长，头齐尾齐。大毛皮肤白得像刚剥壳的蛋清，一双眼睛圆圆大大，明净得如同一潭深水，既清澈鉴人，又深不见底，扑闪扑闪的，望上一眼，你便会不由自主地往那眼神的深幽处探看，仿佛被摄走了魂魄。大毛走路早，说话也早，一岁半多一点便什么乖巧的话都能说，见谁黏谁，不怯场不认生，见过的人都说这孩子怕是一颗天上的星子托生。一年过年，大姑一家回老家拜年，来了一位打喜的叫花子，大毛不声不响跑进屋里，抓了一把炒米糖、两个盐茶蛋塞在叫花子的袋子里。叫花子一边抚摸大毛黝黑的头发，一边低声地对祖母说："这孩子太伶俐太乖致了，要看好！要看牢！"

四

那年腊月，彭家起了大火。火是邻居家烧起的，正好风往彭家吹，将彭家前后三进的板壁瓦房烧得干干净净。大姑乱急中抢了大毛抢二姐，再回去找公公时，屋梁烧塌了，公公埋在了烧红半边夜空的火海里……

父亲听说后，挑了被褥、棉衣和满满的一担年货到彭家，只见了一堆瓦砾和余烬。大姑穿着一身白色的孝服，在余烬中翻找烧剩的木料。"哥！你到底进了彭家的门了！而今门是没了，但哥你来了就好！来了就好！"父亲搂着寒风中瑟瑟发抖的大毛和二姐，望着大姑从废墟中把漆黑的木头一根一根往外拉。欲雪的黄昏，天黄得像一张病人的脸，呜呜的北风将大姑的散发吹起，仿佛要一根根扯走。

雪花疏疏落落地飘下来，紧接着便大了密了，像棉絮一样在空中卷着滚着，只一会儿，大姑和父亲便被风雪裹成了雪人。父亲给大姑披上一件新买的棉衣："带着孩子回家吧！"大姑用手掇掇头发，望着夜空中漫天的大雪说："哥！日子总是要过的！"

大姑和叔叔们在彭家老屋场上搭起了三间茅屋，门脸没有了，南货日杂的小生意也没有了。大姑带着彭家姑父每天出工挣工分。彭家姑父打小没干过农活，只能大姑带着，你干什么他干什么，没干好的大姑回头返工。父亲每次回家，都给大姑带点米或肉，走时在枕头下压点钱。大姑发现了，扯着父亲说："哥！日子过得去呢！"

五

大毛五岁便上了学。起初老师嫌小，坚决不收，大姑让老师考一考试一试。老师一考果真每问必答，比好多适龄生还强。大毛见老师犹豫，便拉着老师的手说："老师，我会用心读书的！"老师见大毛实在乖巧，便收下了。

暑期放假的第一天，大姑让大毛在家带二姐和刚满一岁的三毛。中午大姑回家，三毛睡着了，二姐在家哭，大毛却没有看见人影。二姐说大毛在河坎上帮她折柳枝，滚到河里被水冲走了。大姑上游下游边喊边找，黄昏时在下游十多里的河滩上找到了。看到泡在河水里的大毛，大姑扑上去便晕倒了。

"我知道大毛带不大的！太乖巧太标致了！我的命受不起这么好的儿子的！大毛就是来逗我念想的！天底下哪能有这么聪明的儿子？他是天上的星子！是来惹我想他的……"大毛死后，只要有人来劝大姑，大姑不等人开口，便是这番话。"你不要劝我，我早就知道大毛迟早要走的！这是我自己的命，我想得通！"大姑搂着二姐和三毛，越说搂得越紧，仿佛害怕有人来抢。

彭家姑父烧屋丧父后，有好几个月夜游似的，冷不丁地叫上一声："爸爸吃饭。"大毛告诉他爷爷死了，他摇摇头似明白似不明白。大毛这个坎彭家姑父终究没过得去。一个多月后，彭家姑父的尸体也浮在了屋旁边的肖河里。有人说是他自己投的河，有人说是他糊里糊涂摔下去的，只有大姑说："是大毛把他邀走的！大毛乖巧，一邀就把他爸邀走了！大毛夜里也来邀我，我不能走！我还有二姐和三毛！大毛不是我的崽，他是天上的星子！

二姐和三毛才是我的崽！"

许多年后，我曾问大姑，是不是祖母把叫花子的话告诉过她？大姑说没有："大毛一生下来，我就觉得他不像我家的人。小时候抱在怀里，看上去像个洋娃娃，不像个真人。我知道他就是个孽障，来逗我欠我的。"

六

有一年父亲生病住院，大约住了半年。一个乡下的老师来看他，说前几天看见了大姑，带着两个孩子在另外一个公社讨米。父亲找来四叔，四叔说他也听说了，到大姑家去过几次，都没有找到大姑。

从来没有对兄弟发过脾气的父亲，摔了吊着的药瓶，把床头柜上的搪瓷碗也砸到了四叔头上。一家人连夜出动，终于在一个生产队的队棚里，找到了大姑一家三口。

父亲问大姑过不下去了怎么不告诉家里人，大姑回答得出奇地平静："哥！我也是一家人！我的日子再难，也得我自己熬，总不能你们帮我过日子。再说你们管得了我一辈子，能管得了二姐和三毛一辈子？他们从小吃点苦，或许长大会有点出息呢！他爹从小没吃苦，长大没有一点用呵。"父亲要大姑把二姐和三毛留下来，让他们在镇上读书，大姑死活没有答应。

七

我读大二那年，大姑找了一个外乡的男人。那人在当地也是出了名的老实人，人家打上脸来，也不敢喘一口大气。大姑迁到新家后，在自家的菜园扎围子，邻居家的主妇冲出来，不仅拔了大姑的竹围子，还把大姑推到了地上。四叔听说后，觉得这事娘家人得出头撑腰，否则大姑在新家待不下去。在老家，嫁出去的姑娘在婆家或当地受了委屈，是要娘家人出头的，娘家人有权势或者男人多打得赢，姑娘才能在那里待下来。

那夜我正好在老家，便跟着几位叔叔一起到了大姑家，找到那个欺侮大姑的主妇。那人不仅没有服软道歉，扬言还要揍大姑，说着又一掌将大姑推倒在地。我一时怒火填膺，冲上去就是一拳，将主妇击倒在地，一脚踩在她的右手上，问她还敢不敢动手。谁知大姑从地上爬起来，死命拉住我："曙光，你不能动手！你是大学生！大学生是讲道理的，不能靠打架过日子！"当晚那主妇喝了农药，被送到公社的卫生院。我知道她喝农药只是为了撒泼，绝不会毒死自己，便懒得理会。大姑拉着我说："她喝药是为了挣个面子。她在地方上逞强惯了，现在被你打了没面子。我们去道个歉吧！"我被大姑拉到卫生院，大姑送了一篮鸡蛋，还偷偷地结了药费。主妇出院后，没有再找大姑的麻烦。有一年，我去给大姑拜年碰上了，她还客客气气地和我打招呼："大学生来了！"

大姑和两个孩子是外来户，生产队没有分配田土，大姑只得把房屋周围的茅草山一锄一锄地开垦出来，种上油菜、棉花和果树。大姑找的男人没两年也得病死了，只留下大姑和两个孩子在那片新垦的土地上，母鸡似的刨一爪吃一嘴，过一天算一天。四叔常去给大姑帮忙，望着大姑垦出的那片红色的山地，说没有十年八年，这块新土是种不熟的。

八

研究生毕业那年秋天，我专程去看大姑。大姑的草屋变成了红砖房，满坡的柑橘和柚子果实累累。正在棉田里采棉花的大姑见我来了，摘了橘子又摘柚子，杀了母鸡又在门前的山塘里打鱼，还把嫁到附近镇上的二姐叫了回来。大姑一边给我剥橘子，一边告诉我："二姐嫁了人，是镇上邮局的。二姐在镇上开了个日杂鞭炮店，继承了他们彭家的饭碗。三毛到汕头学厨师，在机场做配餐，一个月有三四千块钱呢。找的老婆是津市人，做美容也蛮赚钱的。"

大姑的幸福是堆在脸上的，让我觉得像被一团火烤着那么温暖和真实。既往的苦难，似乎都不曾有过，或者只是一场梦。而我做梦也没有想到，生就一副苦相的大姑，竟然笑得每一条皱纹都那么舒展，每一丝表情都那么畅快，舒展和畅快成了一朵花！

上个月我回津市看父母，碰上大姑也来看他们。父亲提到大毛，说大毛要是还在也要当爷爷了。我在一旁想，父亲真是老了，总提这些不该提起的旧事让大姑伤心。大姑反倒平静，还是说"大毛不是我的崽，是天上的星子，我的命留不住他"。父亲说好崒这些事情都过去了，你总算把日子过好了。

大姑拉着母亲的手，转过脸来对父亲说："哥！我从小就知道我的命不好。知道命不好慢慢熬，也就熬过来了！知道自己命好的人，哪里能熬得过来呵……"

2017 年 6 月 10 日于抱朴庐

○

日子疯长

属猫的父亲

父亲属猫，这是祖父说的。老家人相信，猫有九条命。祖父认定，父亲也有九条命。

一

一生下来，父亲就是棵病秧子。

父亲窝在祖母怀里，瘦小得就是只刚出生的猫崽，两片薄薄的嘴唇，喵呀喵呀地哭泣，声音细得像一根游丝，听上去随时都会绷断，却不知怎的将断未断又续上来了，如同一架乡下的老纺车，没日没夜地纺了好几天。

父亲之前，祖母生过一个男孩，生下来不吃不喝，月子里便夭折了。祖父见父亲又是一副病恹恹的样子，急得像只热锅上的蚂蚁，远远近近地找郎中。郎中找来三四个，都是望上一眼便摇摇头，没一个提笔开药方。最后一个老郎中，总算开了口："取个贱点的名字试试吧！"好歹算是开了个方子。

　　给刚出生的孩子取个贱名，以求日后好养好带，这在老家是旧俗。家中孩子看得愈金贵，名字便取得愈贱性。好些大户人家，少爷小姐一大帮，不是叫猫便是叫狗，走进去像是进了一家牲畜馆。老家人都信奉，阎王爷拿本簿册到人间，走村串巷地索拿人命，就是照着名字贵贱取舍的，猫儿狗儿之类的贱名字，入不了阎王爷的法眼。

　　祖父照了老郎中的吩咐，把父亲的小名往贱里想，想来想去想到了"捡狗"二字，意即父亲不仅命贱如狗，而且是一条野地里捡回来的丧家之犬。命贱至此，也算到了极限。

　　说来也怪，祖父"捡狗""捡狗"叫上一阵，父亲竟断了游丝般的哭声，眯缝着两只小眼破涕为笑，钻进祖母怀里找奶吃。

　　父亲身坯子太单薄，即使取了贱名字，还是难养难带。一年二十四节气，至少有十八九个节气，父亲在病里滚。天热了上火，天冷了伤风，不冷不热吹一点风照样感冒。父亲一病便发烧，一发烧便痉挛，一痉挛便两眼翻白、手脚僵硬，一口气憋住便只有进气没了出气。

祖父把父亲抱下山，

对着躺在床上哭哑了声音的祖母说："捡狗不是一条狗呢，

他是一只猫！一生九条命，死了都会活过来。"

有一回，父亲高烧痉挛，身体抽搐几下便没了呼吸和脉搏。祖父从祖母手中接过僵硬的父亲，装进筬箕提上了山。依照老家的习俗，没有长大的孩子死了，必须当晚由家人送上山。祖父正用锄头挖着坑，父亲突然"哇"的一声大哭，几乎将黑漆漆的夜空撕破了一道口。祖父把父亲抱下山，对着躺在床上哭哑了声音的祖母说："捡狗不是一条狗呢，他是一只猫！一生九条命，死了都会活过来。"

祖父一语成谶。没人说得清，父亲这一生究竟死过多少回，反正他已病病歪歪活到了八十五岁。好些熟悉父亲的医生，看着父亲住进病房，常常一两天不上药，弟弟妹妹急了催问，医生总是笑嘻嘻地说："他老人家的病，不是靠药治的，是靠命。"

二

老家过日军那年，父亲八岁。正好祖父辟屋场造新房，柱子刚立起，板壁还堆在地上没拼装。听说日军从湖北三斗坪那边打过来了，帮着祖父起屋的左右邻居，撒腿跑得干干净净。祖父被抓过几回壮丁，在战场上见过炮火和死人，因而显得镇定。祖父将祖母和三个儿子藏进山里，自己又跑回屋场上，他怎么都放心不下堆在地上的那堆木料。祖父借着月光清理工地，一回头看到了悄悄跟着下山的父亲。再送父亲上山已来不及，祖父只好让父亲留下来。

夜半，国军找木料修工事，就近拆了好些民房。一队人马找到祖父的屋场上，搬起地上的柱子椽子便走。祖父上前阻拦，被一掌推倒在地上。父亲不知在哪里找到一个木匠画线用的墨斗，拿起竹笔便在木料上号名字。

日军炮火果然凶猛，小山炮架在半山腰一阵乱轰。其中一颗飞过来，落在屋场前的堰塘里，差点炸到了在塘坎上栽种梨树的祖父。祖父吓得扔下锄头，往邻居屋后的竹林里跑，忘了还守在屋场上的父亲。

国军没放几枪几炮，不待天黑便撤了。两个日本兵摸进村子，入东家进西家，像是找吃的。父亲躲在邻居家的柴火堆里，很快被日本兵发现了。日本兵扯着父亲比画，并没有动枪动刀的意思。父亲似乎明白了日本兵要干什么，将两人带到灶屋里，揭开一个瓦坛盖子，掏出一团黄糊糊的大麦酱往口里送。日本兵也跟着掏麦酱，笑哈哈地糊得满脸都是。然后两人抬着坛子走出了门，将父亲扔在了灶屋里。祖父从邻居家的后门缝里，看着灶屋里的父亲和日本兵，吓得大气都不敢出。等到日本人走开，祖父冲进灶屋，拉着父亲便往山里跑。

一年春节，全家人围着火坑守岁。屋外的爆竹炸得惊天动地，祖父便讲起了这桩旧事。看多了《地道战》《地雷战》之类片子的我，惊诧于父亲没被日本人杀掉。父亲说，日本兵中有一个会说中国话，估计是在满洲招的中国兵。祖父一边拿着火钳往火坑里添柴，一边望着父亲说："到底是属猫的，命大！那一路日军杀了好多没跑脱的老人和伢儿。"

被拆了房子的村民跑回来，到工事上找木料，争来夺去动了手。只有祖父屋场上搬来的，上面都号有名字，没有一户人家来争抢。很多年后，叔叔们大了，祖父分家拆老屋，执意要分一份给父亲。父亲说，他已在镇上工作了，老屋就不要分给他。祖父怎么都不同意，说那年若不是父亲拿笔号名字，木料早被抢光了，老屋根本起不起来。而今老屋要拆了，怎么能不分一份呢，那是捡狗用命换来的。

三

祖母对父亲吃喝上的偏心，从未藏着掖着，一来因为父亲是家中长子，二来因为父亲体弱多病。即便如此，父亲还是瘦得像根干豆角。

一个农民的儿子，下田使不了牛，上坎担不得禾，日后靠什么活命，靠什么养家？祖父看着病病恹恹的父亲，一直在心里犯愁。祖父认定父亲吃不了凭力气种田这碗饭，便想让父亲学门手

父亲抱胸蹲在操场边上，

一动不动，就像一只孤零零的灰鹤，

将头颈埋在翅膀里，似睡似醒地缩在自己的世界。

父亲抱胸蹲在操场边上，

一动不动，就像一只孤零零的灰鹳，

将头颈埋在翅膀里，似睡似醒地缩在自己的世界。

艺，靠技艺去吃百家饭。但木匠瓦匠都是使力气的活，父亲看上去肩不能挑手不能提，没一个师傅想收他。祖父提上烟酒找郎中，说看病行医不拼力气，捡狗干这行能行。郎中一看以为父亲是来看病的，心里暗忖：谁知道这孩子熬不熬得到学徒出师。思来想去，只剩了上学读书一条路，祖父一咬牙，将父亲送进私塾发了蒙。

其实，祖父也不知道，作为一个农家子弟，父亲读了书将来又能做什么。澧阳平原所谓"耕读传家"的传统，说的还是殷实富足的人家。家中吃穿不愁，子弟才能读书求取功名，读到老考到老，即使中不了三甲当个朝廷命官，也能混个员外做乡绅，但父亲没有生在这种衣食无忧的人家。再说父亲发蒙时，大清已垮，科举已废，私塾正被公学取代。新式学堂要想读出来谋个差、混碗饭，得花十好几年的大成本。祖父闷在家里想了三天，最后又一咬牙，将父亲从私塾带进了新式学堂。

父亲属于那种长心不长肉的人，虽然三天两头生病，背着一副药罐子上学，书倒是读得一路顺畅，进私塾，上完小，后来考取九澧联中，一点没让祖父的钱白花。父亲在学校不劳动也不运动，同学在操场上动腿子，父亲在教室里动脑子；别人信奉生命在于运动，父亲信奉生命在于不动。偶有同学讪笑，父亲反唇相讥：兔子撒腿天天跑，最多能活十几年，乌龟缩在壳里一动不动，却能活上千百岁。

父亲平素不爱站，也不爱坐，爱两臂抱胸，蜷缩着身子，蹲在地上，即使是吃饭喝酒，也是杯碗一端，自己蹲在一边。如今八十多岁了，父亲依然有蹲在地上歇息的习惯。父亲将瘦弱的身体缩紧成一团，尽可能躲避外力的伤害。同学们在操场上奔跑跳跃，父亲抱胸蹲在操场边上，一动不动，就像一只孤零零的灰鹳，将头颈埋在翅膀里，似睡似醒地缩在自己的世界。

这不仅仅是一个生命弱者对弱肉强食的本能防御，而且是一个社会弱者对弱肉强食的本能防御。一个命定要当农民，靠使气力流汗水挣饭吃的人，却命定当不了农民，这种难以言说的悲哀，一直山一样压在父亲心里。靠不了体力，父亲只能靠心力吃饭。父亲缩着身子蹲在地上，那不仅仅是在体能上示弱，而且是对心力的蓄养。父亲将身体的能耗降到最低，让一切意志和力量向内，去供养深藏不露的心智和心性，用绵密的算计和坚韧的意志蓄聚出自己的力量。

首先是在学业上，父亲几乎过目成诵，国文课程花不了什么精力。算术是父亲的强项，珠算心算，父亲总是第一个报数，尤其是鸡鸭同笼之类的题目，立马就能报出答案。后来父亲当老师，教的是语文，但我觉得，如果教数学，父亲应该更得心应手。父亲的数学禀赋，没有用在教书上，全部用到了生活中。父亲花钱，远虑近忧，轻重缓急，划算得清清白白，手头再拮据，吃饭就医的钱总是留在那里；父亲做人，时势审度，进退取舍，思虑得仔仔细细，情势再紧急，远祸避灾的退路总是留在那里。看上去，父亲遇事性子躁脾气大，实际上口烦心不烦，事情过了回头想，父亲的处置还真是妥妥当当。一方面是农民应对生计的本分狡黠，一方面是读书人讲求事理的本能清醒，再加上精于计算、工于逻辑的数学天赋，让瘦瘦精精的父亲看上去像个羽扇纶巾的小诸葛。

上九澧联中那年，三青团看上了父亲，希望父亲带头靠拢组织。训导长亲自把申请表递给父亲。父亲接了，却并没有交上去。过几天，父亲请假回了老屋场，说是祖母病了。过一段，父亲又搭了一张请假条到学校，说是自己胸口长了一个大脓疱，说不清多久才能治好。训导长跑到老屋场，看见父亲躺在一块门板上，胸窝里真的长了碗大一个脓疱，整个胸口肿得透亮。训导长没提入团的事，吃完祖母煮的一碗红糖鸡蛋回了县城。家里人看着父亲病成这个样子，个个心急火燎，只有父亲不急不躁，虽然每日疼痛难忍，却硬是躺在门板上，等脓疱长熟破皮，脓水血水流干净，生肌长肉伤口复原，才缓缓悠悠返回学校。那时候该入团的都宣了誓，父亲没赶上，这事也便没人提及了。大约过了一年，湖南和平解放，父亲入了共青团。入了三青团的同学，不仅后来被逐出了学校，而且回到乡下被看管。父亲有位堂兄，就在那次入了三青团，一辈子顶着这顶黑帽子，运动一来，便被拉上台去挨批斗，几十年没有消停过。

四

父亲长相从母，刀削脸，高颧骨，深眼窝，细长的脖子费劲地顶着脑袋，看上去随时都可能折断。身子薄得像块壁板，长过脓疱的胸口陷成一个窝，放个包子进去掉不下来。父亲初中毕业那年，个子长到了一米七，体重却只有八十斤。之后几十年，父亲的体重都在八十斤上下浮动。过年走亲戚，长辈们见了都以异样的眼光打量，仿佛在看一只三条腿的猪，弄得父亲心里好烦躁。稍大一点，父亲干脆拒绝走亲访友。祖父祖母带着弟弟妹妹走完姨亲走堂亲，父亲一个人留在家中守屋子。

每年春节，父亲只走一远一近两户人家。一户是远在湖北公安的姨婆家，清早出发，傍晚才能到。如果逢上下雪的天气，两只脚走到姨婆家冻成两坨冰。天再寒，路再远，父亲天天叫着喊着要去，如果过了初三，祖父还没说起去湖北的事，父亲便一个人跑去姨婆家。姨婆见了父亲，一把搂在怀里，从头到脚摸个遍，嘴里"姨的乖仔乖儿"叫不停。姨婆让姨爹将给父亲留着的蚕豆、瓜子、芝麻糖、花生糖搬出来，把父亲的衣裤口袋塞得鼓鼓囊囊。姨婆是那种心热乎、嘴热闹的人，父亲依偎在姨婆怀里，一动不动地在火坑边烤火，安闲得像只小猫。

另一家是近得只有一袋烟工夫的姑婆家，如果扯着嗓子喊，两家几乎可以应答。每回去姑婆家，都是祖父逼的，祖父横眉瞪眼骂上好几回，父亲才在正月尾上挑个晚上去拜个年。父亲将祖父准备的礼品往桌上一搁，屁股没沾上板凳，扯腿便往回跑，生怕被姑婆扣下似的。姑婆端坐在堂屋里，不苟言笑地望着父亲，看着父亲坐不住，一边问父亲："板凳上有刺呵？"一边从棉袄里掏出几枚焐热了的银圆，不由分说地塞到父亲手里。姑婆的那份威严，容不得父亲客套推托。儿时，我也跟祖父去过姑婆家，姑婆瘪嘴坐在一把很高的椅子里，脸上没有一丝笑意，一副人家欠她一担八斗米的样子。祖父走上去，毕恭毕敬地叫了一声"大姐"，便僵在那里没了话语。后来再有人叫我去姑婆家，我也死活不去。三叔见我那么决绝，便告诉我，姑婆是那种心里热乎、嘴上冰冷的人，父亲之所以怕姑婆，是因为有一年过年，大家议论父亲那么瘦弱，日后怕不仅找不到饭吃，而且老婆也娶不到。姑婆板着一张脸，说捡狗如果找不到老婆，我把丫头嫁给他。丫头是姑婆的二女儿，比父亲小一岁。那时候，姑表姨表结亲是常事，而且每每就是家中长辈一句半真半假的话，走去走来便订了终身。祖父虽没有接姑婆的话茬，但姑婆在家中向来语言金贵，不说便罢，说了一言九鼎。父亲躲在角落里，听到这句话，倒抽了一口冷气。原本父亲就不亲近这位姑姑，如今还要娶她的丫头做她的女婿，父亲越想越害怕。三叔说，其实家中的长辈，只有姑婆是真看好父亲的，姨婆有三个女儿，个个相貌标致，却没有许一个给父亲。

五

父亲果然如姑婆所言，初中一毕业便参加了土改工作队，跟着一帮部队下来的官兵，到乡下帮农民分田分地，挎了一支枪清匪反霸。我印象中，父亲下乡的地方，在太青界岭那片山区，也就是母亲老家那一带，外祖父当年率兵攻打的乡公所，也都在那片山里。父亲所在的工作队，是否与外祖父的队伍交过火，没人可以确考。父亲说，他们的工作队打过仗，只是他参加的好像是打土匪，一颗子弹擦左耳呼啸而过，偏一点便把脑袋钻一个洞。祖父说父亲命大，这是又一次证明。

父亲与母亲的故事，是后来在县城才开始的，但父亲在太青界岭一带的革命经历，似乎又是冥冥之中的某种机缘。假如父亲那次交火的土匪，就是外祖父率领的潜伏军；假如射向父亲的那颗子弹，就发自外祖父的枪膛；假如后来生擒外祖父，将他交由政府正法的，就是父亲所在的工作队。这是不是就有点像小说和电影了呢？所以说历史是最伟大的编剧家，因为作家编排的是故事，历史编排的是人生。

从工作队归来，父亲直接留在了澧县二中，就是父亲之前就读的九澧联中。一个初中毕业生，被留在一所县里最好的完全中学做学生工作，即使在人才奇缺的 1950 年前后，也算是一种破例的安排。毕竟，父亲不是南征北战的革命战士，也没有在白色恐怖下出生入死。据说，组织上曾征求父亲的工作意向，在留在乡区政府和回到学校之间选择。父亲之所以选择回学校，还是出于对身体的考虑，虽然那时父亲青春年少，还是应付不了乡区政府对体能的要求。留在乡区政府的政治前途是摆在眼前的，换了其他人，即使身体差一点，也会先去搏一搏，不行日后再换，但父亲信奉的是看菜吃饭、量体裁衣，万事先算清楚，不博意外之喜。

父亲不是那种铅刀贵一割、追求快意人生的人，在父亲的理念中，活着便是过日子。过日子就靠两样东西，一是健康，一是钱财，而恰恰这两样东西父亲都匮乏，这便注定了他一辈子要比别人过得艰难。因为缺乏健康，父亲信仰好死不如赖活着，留着性命多过几天日子；因为缺乏钱财，父亲信仰吃不穷、穿不穷，没有盘算一世穷。这样的人生信念，不高贵，不伟大，甚至有些猥琐，然而世上所有卑微的生命，不都是如此活着的吗？是他们用自己的平庸衬托了另一类人的伟大，用自己的猥琐衬托了另一类人的高贵，没有理由逼迫他们去为这种伟大和高贵牺牲！每一条生命都只能活过一次，如果他们只能选择活着，只想选择活着，任何人也没有权利来指责和嘲笑。

父亲的长相和体质不像祖父，在对生命的理解和生活的信念上，却与祖父一脉相承。祖父珍惜生命，几次被抓壮丁拉上战场，又几次逃跑回来，祖父并不理会每场战争的伟大意义，也不在乎战场逃兵在世俗观念中的羞耻，他必须自己为自己争取活着的机会；祖父珍惜钱财，节衣缩食，精打细算，靠勤劳挣一份家当，靠划算守一份家业；祖父珍惜信誉，日子再艰难，不偷不抢不骗不赖，所谓"毒人的不吃犯法的不为"，靠自己刨一爪吃一口，但求心安理得。小时候，我见过祖父一部记录人情的账本，人家来了多少，自己去了多少，总是去的要比来的略多。临终前一年，祖父意识到自己来日不多，便抱出账本，将尚未还清的人情，一笔一笔分给了五个儿子；祖父信仰忍耐，不管遇到天灾还是人祸，祖父相信天无绝人之路，再强大的灾难，祖父相信忍耐是最有力和最有效的抵抗。只要生命还在，日子就要过下去，就能过下去。当年跑日军，好些有钱人家弃产抛业地逃命，祖父却在炮火中造房子种果树，坚信日子还长久。

父亲受过三民主义教育，也受过共产主义教育，这些教育都影响了父亲的人生，但真正深入骨髓、刻在心底的，还是一个农民家庭世代承袭、融入血脉的家传。这是一个家庭的传统，也是中国所有正统农民家庭的传统。这便是中国的民间，中国民间的精神力量。在各种叱咤风云的权豪势要你方唱罢我登场之后，在各种冠冕堂皇的社会理想城头变换大王旗之后，中华民族依然故我，依然前行，正是依托于这个无比坚实的民间，这种无比坚定的过日子精神。

日子是过好的。只要日子还过着，便有好的希望。

二十世纪五十年代初期，民众对学校和教师，沿袭了民国时代那种由衷的尊重，那时的先生对学生，亦沿袭了民国时代那份真诚的呵护和绝不苟且的责任心。父亲作为学生干事，虽然年纪比好多学生还小，但关照学生却无微不至。清晨叫早，晚上查铺，几乎和学生朝夕相处。学生生了病，父亲会上医院陪护。有一位赵姓的学生需要输血，父亲挽起袖子便让护士抽，护士看着父亲瘦骨伶仃的样子，针头怎么都不忍扎进脉管，父亲板脸催逼，硬是让护士抽了四百毫升。后来这个学生当了兵，每次回家探亲，都要来我家探望，见面就说一句话："我这条命是龚老师救下来的。"有的学生辍了学，父亲会三番五次上门劝学，直至学生返校。有一位汤姓的学生，因家贫辍学，父亲跑到他远在湖北边上的家中，动员学生回校。学生家中弟弟妹妹一大帮，实在拿不出钱来供养一个中学生，父亲便自己拿钱替学生交了学费和伙食费。后来，我的一位朋友，娶了这位学生的女儿。朋友每回见我，都会说起老岳父如何在家叨念龚老爷子。在钱财上，父亲不是个大方人，即使是对家中弟妹和后来的我们，也绝非有求必应。父亲常说的一句话："钢要用在刀刃上，钱要用在救急处。"然而，父亲的好些学生，都曾说起父亲借钱给他们的事，可见那时的先生，教书育人是以道德为支点的。一位先生站在讲台上，要么学问高，要么德行好，否则是待不下去的。父亲说不上学问有多高，那时的澧县二中，民国时留下的老先生一大帮，说学问父亲还插不上嘴，但讲到为师之德，不仅学生，就是那帮老先生，也竖大拇指直点头。

后来，我考研究生，因为英语差三分，我后来的导师田仲济先生，竟以校长之尊、八十之龄，自己跑到教育厅，为我争取破格的名额。先生向厅长陈词："我并不认识这位湖南考生，也没人托我说情，我只是看他专业好，将来会是一个人才。我知道，厅里的破格名额都是为关系户准备的，我今天为录取一个人才要一个，应该不算过分！"不知厅长是慑于先生的学术地位，还是有感于先生的惜才之心，当场批准了我的破格。我和父亲说起这事，父亲感慨地说："旧时过来的先生，都把惜才育才视为本分。人生在世，做事吃饭过日子，各守各的本分。为人若不守本分，日子迟早过不下去的。"

七

父亲和母亲的恋情，就发生在那个时间。母亲从桃江二中调来，在学校引起了不小的轰动，一些人关注母亲的年轻美丽和能歌善舞，一些人关注母亲的小姐出身和母亲的父亲作为国民党将军被处决。对于好些未曾媒娶的男老师，母亲是一朵名副其实的带刺玫瑰，见了想伸手，伸手怕被刺。校园里日渐增多的政工干部和日渐增多的各种会议，让生性敏感的年轻人多了一份寤寐思服的纠结，少了一份君子好逑的率性。

直到父亲和母亲的恋情正式公开，这种欲摘不敢欲罢不甘的纠缠才算了结，一部分人转为懊恼不已，责怪自己怎么就没有这么一份胆气；一部分人转为幸灾乐祸，庆幸自己又少了一个政治进取的竞争对手。这桩无论是从长相，还是从政治上，怎么看都不般配的婚姻，究竟是如何缔结的，我至今都没有弄清。小时候，我隐约觉得，有一位孟姓的女教工是他们的介绍人。我出生后，这位自己没有生产的女性，几乎每天跑来把我抱在怀里，"毛子""毛子"地边喊边亲，那份疼爱到心里的感觉，似乎比母亲还强烈。我一直叫她孟妈妈，我的小名毛子，就是孟妈妈每天叫出来的。

我曾亦庄亦谐地问过母亲，当年怎么会爱上父亲，母亲的回答出奇的简单："他追求进步。"我相信，母亲当年选择父亲的理由，真的如此简单。从旧式大家庭里冲出家门的母亲，进步是她唯一的追求。这件事，我一直没有问过父亲，我想象不出假如我发问，父亲会如何回答。不管父亲如何回答，我相信都不会像母亲一样那么简单。因为以父亲的精明，他不会不权衡母亲的出身，对自己政治通路的影响，也不会不考虑母亲一心扑在工作上的人生态度，对未来家庭的影响。还有姑婆许下的那个半真半假、亦假亦真的婚约，也是父亲不得不面对的。擅长在各种复杂关系中进行计算的父亲，是否算出了一个最佳方案，我至今无从知晓。但父亲娶了一位善良美丽的妻子，退掉了乡下的婚约；父亲有了一个城里的家庭，蜕去了世代相传的农民身份；父亲有了一种书乐相伴的安定生活，免去了白天学校上课、晚上乡下种田的半边户的奔波劳顿……这些应该都是父亲想要得到，也必须得到的，因为父亲的身体，承受不起另外一种家庭和生活。只是母亲最想得到的，却反而失去了。父母一结婚，父亲就入了另册，入党的事没人再提及，提拔升职更变得遥不可及。在学校大部分人眼中，追求进步的父亲做了一个最不进步的选择。

父亲似乎胸有成竹，先是买了好些礼物，将母亲带到姑婆面前，轻声地贴着姑婆的耳朵说："大姑，我把老婆带回来了。"姑婆依旧板着脸，随手脱下一只银镯子，套在母亲手上，只字未提婚约的事。等到六十年代初，政府倡导下放，父亲率先提出申请，下到老家所在的梦溪镇，在镇上的完全小学改行当了老师，没两年便在镇上有了名气，母亲的音乐，父亲的语文，成了学校的两张王牌。除了上课，父亲每天躺在一张发黑的布躺椅上闭目养神，两耳不闻窗外事，一心只睡神仙觉。"文革"前的那几年，县里二中闹得鸡犬不宁，父亲在梦溪，却过着被人尊重的安宁日子。

　　遗憾的是，父亲身体依然很糟，胃上的毛病让父亲吃不了东西，勉强塞一点下去，立马吐得昏天黑地，直到连胆汁都吐出来。好几次还大口大口地吐血，送到医院说是呕吐得太厉害，把咽喉吐裂了口子，血是从咽喉流出来的。父亲的呼吸道原本不好，咽炎、支气管炎，不停地吐出一团一团白色的涎液，父亲的躺椅旁、床头边，永远都摆着一只搪瓷的痰盂，半天就得倒一次。病重的时候，上课的讲台边都得放上痰盂。班上的学生都愿意听父亲上课，却害怕轮上值日倒痰盂。慢慢地，便形成了一个规矩，要是课堂上父亲批评了谁的作文或作业，或者谁没有回答好课堂提问，下课了不要人提醒，便自觉地将痰盂端出去倒了，在塘边刷洗干净了拿回来，放在教室角落，下次父亲上课再端出来放在讲台边。如果这节课父亲没有批评谁，也没人答不上提问，那就还得这个人继续倒。如果谁一个星期都倒痰盂，便成了班上嘲笑的对象。父亲还有头晕的毛病，两眼一黑，身子一歪，便倒在了讲台上，好几次把学生吓个半死。镇上县上的医生查不出原因，便诊断是进食太少造成的低血糖。躺在医院里，吊两天葡萄糖，然后又站回讲台上。老家有句话，"人又生得丑，病又来得陡"，仿佛说的就是父亲。一口饭菜吃进嘴里，冷热、咸淡、气味稍有不对，哇的一口吐出来，不管席上多少人，捂都捂不住。医生说，父亲患的是胃神经官能症，到今天我都没闹明白这是个什么病。低血糖更是说倒便倒，父亲在课堂上抬出去，谁都不觉得新鲜。镇上隔一年半载，便传说父亲死了，甚至有两次朋友把花圈扛到了家里。

父亲一年到头泡在药里，灶上熬着汤药，桌上放着丸子，父亲每天吃进嘴里的药，远远多于吃进去的饭菜、饮进去的茶水。父亲说，他吃药只是一种安慰，不是安慰自己，而是安慰母亲和日渐长大的我们。父亲是想让家里人相信，他的病还有药可治。或许因为无奈，父亲似乎相信了自己属猫，多大的病也死不了。父亲病得再厉害，也没听见父亲哼一声。医院下了病危通知，母亲坐在病床边抹眼泪："怎么吃了这么多药都不见效呢？"父亲反倒安慰母亲："小时候，郎中就说过，能治我的病的不是药，是命！父亲找算命先生算了，我命大。我天生异相，是典型的命大之人。"来探病的人，听了医生的医嘱，都担心父亲脱了鞋上床，却没有再穿鞋下床的机会，然而熬上十天个把月，父亲还真的又穿鞋下了床。回到学校往讲台前一站，依然是一堂精彩的语文课。

八

"文革"开始的时候，父亲还在县医院住院，等到父亲回到学校，贴满学校的大字报、大标语上，父亲的名字已被打上大大的红叉。父亲以为甩脱了政工的帽子，拿起粉笔讲课便逃离了政治，没想到反倒弄了顶反动学术权威的帽子扣上。加上父亲对学生一向要求严厉，批评人刀劈斧砍一样不留情面，也有学生记恨在心的。

父亲在学校转了一圈，感觉气氛不对，立马和母亲商量，回老家躲一躲。正好已经从学校逃出去的好友麻大伯又跑回来，催促父亲赶快走，父亲便带着一家老小从后门逃出来。我记得那一晚下着细雨，天色黑漆漆的看不清脚下的道路，一家人深一脚浅一脚往老家赶，恐惧得不敢用任何光亮。不多久，便看见有手电筒和火把在后面追赶，先是呼喊和吼叫，接下来便是枪声。父亲站在老屋场的堰塘边，临时决定只身逃往湖北姨婆家，让母亲和我们躲进了姑婆的院子。第二天，造反派找到了母亲，拉回学校批斗了一回。造反派逼问父亲的去向，母亲只说中途分了手，不知道父亲去了哪里。母亲在学校向来做人谨慎，待人和气，连蚂蚁也不敢踏死一只。造反派见母亲吓得浑身筛糠似的发抖，便把母亲放了。之后，不同派系的造反派要学唱革命歌曲，排演文艺节目，不约而同地找到母亲。母亲有请必去，今天教这一拨，明天教那一伙，谁都没有为难的意思。母亲留在暴风眼里，反倒日子过得安静。

姨婆的家孤零零地立在一个叫牛奶湖的大湖边上，靠山面湖，竹木葱茏，平素没有外人，连村上的邻居都很少串门，父亲躲在那里，一直没人知道。父亲算定，出身不好的母亲在学校必定挨整，想溜回去将母亲接出来，姨婆扯着生死不放手，最后只得派姨爹潜去学校。姨爹将母亲的状况告诉父亲，父亲怎么都不信，姨婆又派大儿子去学校打探，所说的情况和姨爹一样，父亲站在湖边大叹一声："人算不如天定呵！再乱的时局，天亦有道，人亦有情哪！"父亲待在姨婆家大半年，直到学校复课，母亲捎信让回，父亲才悄悄地溜回学校。

九

对于我们兄妹四人，父亲似乎从未生过成龙成凤的妄念，他寄望于我们的，就是做一个自食其力的普通人。我和弟弟要打藕煤、种菜园、担水，两个妹妹也要打藕煤、种菜园、担水；两个妹妹要洗衣裳、打毛衣、缝针线，我和弟弟也要洗衣裳、打毛衣、缝针线。兄妹四人都是六七岁便开始学做饭，先从炒饭下面开始，直到每人都能单独做出一桌可口的饭菜。父亲自己厨艺不错，无奈他一呛油烟便咳嗽不止；母亲忙于工作，没空待在家里，因而家里如果不在学校伙房打饭菜，便是我们兄妹轮着做。父亲坐在躺椅上，时不时指点一下，即使我们把饭烧焦、汤炖咸了，父亲都会点头说好吃。生活中一向严厉的父亲，在学做家务上却从来没有责骂过我们。长大后，我慢慢体会到，父亲不仅是培训我们的手艺，而且培养我们的兴趣。如今，周末闲了，我会围上围裙自己动手烧菜，不是为了显摆厨艺，而是为了调剂生活，享一份居家过日子的情趣。

上完小学三年级，父亲把我叫到病床边，说下学期你转学吧，去蒯家湖小学读书。那是一所离镇上五六里地远的乡间小学，七八个老师，五六个班，师资和规模远不及镇上的完小。没有人理解父亲的这一决定，放着身边的好学校不读，跑去一所乡下的烂学校，连一向维护父亲威严的母亲也反对。父亲没有听从任何人的劝阻，开学时还是将我领到了那所小学。整整两年四个学期，我五点半起床，自己打开煤火炒饭吃，然后走五六里路到校。镇上到蒯家湖要走四五里河堤，雨雪天气堤上风大，雨伞根本打不住，每次淋得一身透湿。有几次，我被大风连人带伞刮到河堤下，滚到河水里，冻得浑身发抖。回家母亲见了，心疼得两眼发红，请求父亲让我转学回完小，躺在躺椅上的父亲板着脸，一声不吭。

后来，父亲又让我学武术，带我到镇上卫生所拜了治跌打损伤的胡伯啦为师。父亲交代胡伯啦："主要是练练筋骨。"除了大妹妹，我们兄妹三个身体都不好，我瘦得一把捏得住，活像父亲脱的一个壳。弟弟寄养在保姆家，又患了肾盂肾炎，一年到头身上浮肿。小妹则动不动便拉肚子，吃啥拉啥，土方洋方都止不了泻。父亲一方面筹钱给我们治病，一方面逼迫我们锻炼身体和意志。父亲对我说："真有病的人，再好的药也治不了。能让你战胜病痛的，只有你的意志！"父亲让我转学和练武，目的都是为了锻炼我的意志。父亲与人谈教育，他的理念是健康和意志，远比知识和学问重要。

或许因为疾病，父亲性情暴躁，只要听说我上课不认真，或者和同学打了架，不问青红皂白一顿暴打，常常一根茶杯粗细的青竹棍，被打得开裂成好几片。在梦溪镇，父亲打孩子凶狠是有名的，我经得住暴打死不认错也是有名的。每每刚被父亲揍过，眼角的泪水还没有干，我转身又去惹是生非了。母亲以为父亲又会一顿暴打，父亲却反倒说："这孩子意志坚强，将来或许有点出息。"学校的同事戏谑父亲，说他是斯巴达教育家。父亲不以为意，依然坚持自己的理念。父亲八十岁那天，我在心里总结父亲教育子女的思想，其一是"先做人再成才，做个普通人比做个人才重要"；其二是"健康重于学业，意志重于健康"，意志是人生最根本的力量；其三是"骄儿不孝，骄狗上灶"，孩子越打越亲，越骄越远，"棍棒出好人"；其四是"艺多不养身，多几门手艺不如精一门手艺"；其五是"吃不穷，穿不穷，没有盘算一世穷，少花钱不如会花钱"……

父亲教了一辈子书，说得上桃李满园，但说不上有什么独特思想，倒是在四个孩子的养育上，父亲践行了自己的教育理念，我们兄妹，都被培养成了有意志应对艰难时局、有能力应付琐碎生活、自食其力的普通人。

十

1979 年春节回家，进屋冷冷清清，全然没有一点过年的气氛。往年过年，再困难的年景，父亲都会腊鱼腊肉、腌鸡腌鸭、糍粑粉皮、敲糖搅糖准备得齐齐备备。父亲说，劳累一年过年得像个过年的样子。向邻居打听，才知道父亲在县医院住院，已经一个多月了，母亲放假后也去了医院。我跑进病房，父亲斜躺在床上，侧脸望着门口，似乎是在等我。

父亲说："我俩去照相馆照张相吧！"说完，便下床去卫生间洗脸、梳头、刮胡子，然后又换了身蓝色的中山装，那是父亲出客的衣服，平常不舍得穿。母亲和医生拦阻，说等出了院再去照吧，现在天冷怕冻了影响病情。父亲没说什么，径直出了病房门。走到照相馆，父亲喘了好一阵，憋得脖子都成了紫红色。照相师傅将父亲扶在椅子上，让我站在父亲身后，照了一张四寸的黑白照。几天后，照片洗出来，我取回来给父亲看，他拿在手上端详半天，微微一笑递给我，仿佛是完成了一桩巨大心愿："好好收着，别弄丢了！"这照片至今保存在我的相册里，颜色虽已泛黄，形象依然清晰。去年，我请一位摄影的朋友翻拍和放大，将放大的照片装了框子带给父亲。父亲捧在手里看了好半天，好像是第一次看到。父亲把相框摆在书桌上，回头对我说："那次，我担心自己熬不过去了，想到如果死了都没给你留张合影，便撑着身子去照了。没想到今天我还没死，看来我是有点多情了！"听着父亲的话，忍不住的眼泪，断了线似的滚下来。其实，当年我就明白，父亲担心自己来日不多，以这种方式告诉我，一家之主的责任，我该担起来了。到今天，我和父亲两人的合影，就只有这一张。虽然，其间有好多次机会可以再照，我没有提议，父亲也没有提议。或许，我们都觉得，我们父子要表达的感情，要传递的责任，已经全部在那张照片里了。对我一向严厉的父亲，竟以如此温情的方式向我道别，这意外的举动让我感动了几十年。我一直坚信，父亲和我的道别，永远只有这一次。

其实，这之后仍是父亲在操持这个家。弟妹复读，四兄妹成家，还有老家的人情往来，一桩桩一笔笔，都是父亲用他和母亲微薄的工资打理得妥妥当当。即使是应急，母亲出面借了别人的钱，也是父亲东拼西凑变魔术似的给人还掉。我问过父亲，弟妹复读高三时为啥不同意，还激着母亲去借钱？父亲说，母亲人缘好，经常借钱给别人，出面借钱人家不会驳她面子，同时也想用这事告诉母亲，自己家里也很拮据，借钱帮别人也要量入为出。还有一点父亲没说，我明白他是让弟妹有借钱读书的压力，发奋苦读考个好学校。母亲把钱借回来，送弟妹上学的第二天，父亲就悄悄地把母亲借的账还清了。

大妹妹结婚，父亲只给了两百块钱，而且就此定下来规矩，无论哪个孩子结婚，家里都只给两百块钱。津市嫁女，有娘家陪嫁的习俗，母亲觉得大妹出嫁没嫁妆，会被人笑话。父亲死活没多给一分钱，说孩子长大了，爱面子得自己挣。父母对孩子只负有限责任，如果负了无限责任，就会害了孩子一辈子。进到我们家的，不管是女婿还是媳妇，这个规矩都得守。孩子成了家，就是一家之主，就得担起这个家。父亲说到做到，我们哪个成家，都只给了两百块钱。这事如今说起来，"80后""90后"大多不信，甚至有人反问："那你们难道不恨家里？"我知道，即使我说不恨，他们也会认定我说谎。在这代人的家教辞典里，没有"自食其力"这个词。

对于我们的孝敬，父亲仅限于保健品，他说这东西有用没用，都是个安慰。我多撑一天不进医院，你们就少一天操心分神，要真躺在医院里了，又得折磨你们。其实，父亲每年在医院的日子并不少，每回进医院前，父亲都交代母亲和大妹，不准告诉外地的我们。为这事，我跟父亲红过一回脸，我说您年纪这么大了，生病不告诉我们，万一挺不住，连个终也送不上！父亲笑兮兮地说，他心里有数，还没到那一天。你爷爷早说过，我属猫命大，再大的病熬几天又缓过来了。你看和我一起读书、一道工作的，还有几个活着？我的学生都死了一大半了。早年给我治病的医生，身体比我好，年纪比我轻，不也都走得差不多了？我这八十几年在病中滚过来，就悟出了一个道理：真病治不好，真命死不了！

　　上个月，大妹妹打电话，说父亲病重，得转院治疗。父亲转到湘雅，咳喘得整夜睡不着，医生做完检查，说找不到病源，担心肺大泡破裂。我怕病重得花钱，带了些现金交给父亲，让他别惜药费，来了就治好。父亲说他有钱，硬是没收下。

　　平常我们回家，悄悄给父母留点钱在枕头下，等下次见面，父亲又原封不动地退回来，而且振振有词地说："你是你的家，我是我的家，我这个家有钱。再说我也是一家之主，用你的钱我没脸面呵！"为了证明他的家里有钱，父亲躺在病床上，一五一十地给我报了个账，存款多少，每月退休金多少，利息还有多少；每月保姆费多少，菜米油盐多少，电费水费气费多少，应当自付的药费是多少，人情往来还有多少……一个八十五岁的人，不仅凭记忆把数字报得清清楚楚，还把收入支出算得明明白白！

　　父亲这一辈子，不仅把自己的账算清楚了，而且把自己的命算明白了。父亲说，他怎么都会走在母亲之前，留下的这笔钱给母亲度晚年。我说，这事您不用担心，母亲是我们的亲娘，我们会为她养老送终。父亲听了两眼一瞪："她是你娘，但她是我老婆。老婆婆进屋，一辈子都归我管。管吃管穿归我，管生管死也归我！"

　　我不能再说什么。转过脸去，望着窗外的冬日，咬紧牙齿，努力不让泪水流下来。

父亲在湘雅住了一个星期，医生便通知出院。我知道，医院抓病床周转率，病人稍有好转便往外撵。我急忙跑去医院，父亲依旧躺在床上，脸上戴着雾化面罩，不时摘下来咳嗽吐痰。找到科主任，是我很熟悉的一位名医，他两手一摊，说也就这样了，病源查不出，咳嗽断不了，如果病情严重了，再住进来吧。

父亲出院的第一晚，在弟弟家咳嗽得彻夜未眠。我拿起电话，要给医院打电话，父亲边咳嗽边说："等等看！或许今天会好些。我的病，一辈子了，没有哪个神医拈得掉的，熬一熬又过来了。"父亲这次生病，我心中藏着一份很重的心思。俗话说"七十三，八十四，阎王不请自己去"，父亲八十四岁的生日虽然过了，但旧历年还剩二十来天，只要这年没跨过，这道坎便堵在心里。我是想，只要父亲同意，钻山打洞也要让父亲住到医院去，过了年三十再接回来。

过了一天，我再去看他，咳嗽缓了些，气色也好了点，吃饭时又说起过完年就回津市的事，说还有工资没领，还有两笔到期的定期存款要转存，不然损失了好多利息……

听着父亲算账，我心中倒是宽慰了许多。父亲有心思算账了，说明他的身体和心情都有了好转。一辈子没挣过大钱、没管过大钱的父亲，却在心里算了一辈子账。算账是父亲的喜好，也是他在这个世界上安身立命的特殊武器，他是靠了盘算把自己的生命延续下来，也是靠了盘算把这个家庭支撑下来的。我相信，只要父亲还在盘算，他的生命就有未来。

近日大雪，我担心这种极寒天气于父亲病情不利，心情又忧郁起来。因为住在山上，下山的道路冰冻行不了车，人便困在了山里，除了打电话问问安，便是走出院子在雪上散步。铺满积雪的山地，白皑皑一片，纯洁得像一道光，照得人心里透明敞亮。只有背风处裸露的石头，黝黑而嶙峋，兀自立在雪地上伤眼。我试图绕过这一些石头，找一片纯净的雪原，却始终没有找到。有积雪的山地，便有嶙峋的石头，或许这也是一种宿命。

由此，我想到父亲和母亲。母亲这一生，勤奋好学，忘我无私而又与人为善，一辈子没有和人红脸，一辈子没有竞争对手，敞亮纯洁得就像这皑皑的白雪；父亲体弱惜命，过分算计而又待人严苛，一辈子把身体蹲在角落，一辈子把力量用在心里，黝黑而嶙峋，恰如这雪地里的岩石，没人觉得中看，没人觉得可爱，可他就那么固执而坚韧地立在那里，构成了雪原的一部分。纯洁亮丽的白雪，黝黑嶙峋的岩石，是母亲和父亲的隐喻吗？或许，这原本就是他们的天数。

十二

　　属猫的父亲，一生共有九条命。虽然活过了八十多岁，生生死死折腾过好多来回，但在我的心里，父亲的命，应该还剩着好几条。

　　　　　　　　2018 年 1 月 28 日于抱朴庐

日子疯长

栋师傅

在老家，说到受人敬重，一是靠学问吃饭的先生，二是靠医道吃饭的郎中，三是靠手艺吃饭的匠人。

但凡身上有点功夫的手艺人，在老家都不会被直呼其名，也不会被叫某某木匠、某某裁缝，通常会叫某师傅，就是把名字的最后一个字缀上师傅的尊称。比如路上遇到刘传栋，不论老少都会恭恭敬敬地叫他栋师傅。

栋师傅的手艺是做裁缝。

认得栋师傅，是在老屋场上。大姑要出嫁，请了栋师傅和两个徒弟来赶嫁妆。徒弟抬了一块包着绒布的大案板走在前面，栋师傅夹了个蓝布包袱跟在后头。师徒三人急匆匆地走在结满霜花的田埂上，嘴里呼出的热气飘在空中，站在老屋场老远都看得到。

栋师傅爬上禾场，俯下身子喘了好一阵。徒弟放下案板，接过栋师傅的蓝布包袱，轻轻地捶打师傅弓着的背。待到喘息平顺，栋师傅直起腰来，往上扯扯袖套，往下拽拽衣摆，两手一拱："恭喜恭喜！"祖母迎在堂屋门口："栋师傅堂屋升坐！"

栋师傅在堂屋坐下，从衣袋里掏出一根旱烟袋，慢慢地装烟末。祖母递上红桔牌烟卷，栋师傅摆摆手，示意他只抽自己的旱烟。栋师傅装烟点烟弄了好一阵，却只抽了四五口，然后将烟锅在鞋底上敲了敲，将烟锅里的烟灰倒出来。

两个徒弟已把案板摆好，祖母把要做衣服的面料搬出来，告诉栋师傅哪样做几套，栋师傅拿块粉色的画饼，在每块布料上快速地画画写写，看不懂是数字还是符号。

"只怕要劳烦栋师傅打两个夜工呵！日子定得急，要做的衣服也多。男家是体面人家，我们女家也就不能太寒碜，踮起脚了做人呢。"祖母站在案板前，话说得婉转客气，神情却有些焦急。

"自然的！自然的！赶喜赶喜，哪有不打夜工赶活的？再说龚家嫁女这么大的喜事，请我是给面子，赶工不加工钱的。"栋师傅说着已戴上眼镜，抖开布料在案板上忙碌起来。

栋师傅给大姑量身，并没有拿根皮尺在背上腰上拉来拉去，只是前前后后转了一阵，便领口多少、胸围多少、衣袖多少、裤脚多少地报给徒弟。如果不是徒弟训练有素，换个人绝对一口气记不下那些数字。

后来我听说，栋师傅的两个徒弟都带了十多年，按行规早该出师自立门户了，栋师傅怎么劝他们也不出师单飞。栋师傅只好不再另收徒弟，把工钱也分他们一份。老家方圆上十里，有好多家木匠、瓦匠、漆匠，裁缝却只有栋师傅一家。照说徒弟自立门户，生意是不会清淡的。有人问起缘由，徒弟私下说："大树底下不长草呢！师傅手艺好人缘好，你会请别人啵？等都要等着师傅来做呢！"

栋师傅的手艺是跟父亲学的，在老家这叫门邸师。乡下人很看重这种家传的手艺，所谓肥水不流外人田，绝活不传外姓人。栋师傅的父亲豫师傅不仅闻名乡里，早年津市、澧州城里的大户，也首选豫师傅做皮袄。传说栋师傅的祖父是收皮货的，因为几十张极品紫貂皮被人调了包，当晚便悬了梁。祖母立下规矩，刘家子弟不得再沾皮货生意，豫师傅只好跟了父亲的好友拜师学裁缝。因为自幼跟父亲捣弄皮子，豫师傅不仅识得皮子的优劣，而且懂得不同皮子如何鞣得柔软顺滑，即使是一张普通的狗皮，豫师傅也能鞣得软如缎、滑如绸。裁缝师傅见他有这等手艺，便细心教他如何做皮袄。几年下来，豫师傅便因做皮袄而名满津澧。

豫师傅出师后，娶妻成家，在津市自立了门户。有一回客人送来两件皮子：一件上好的水獭皮，一件纯正的长白山紫貂，做一男一女两件皮袄。不知是走了消息，还是原本就是人家做的局，当晚两个蒙面人进了豫师傅的家里，拿刀顶住他的喉咙，把两件皮子抱走了。豫师傅倾家荡产赔了皮子，夹个包袱回了乡下，赌咒不再做皮袄，发誓不再进城做手艺，安心安意待在乡下，做了个走村串户的上门裁缝。

豫师傅在刘家是根独苗，栋师傅这一辈，还是一根独苗。豫师傅怕儿子丢在家里有个闪失，便天天带在身边。豫师傅见儿子闲得无事，便教他绞绞扣襻、缝缝裤腿，天长日久便慢慢上了手。豫师傅见儿子是一块做裁缝的料，便谢绝了络绎不绝的拜师后生，专心只带栋师傅一个徒弟。

豫师傅虽不再进城接活，也不再接皮袄皮裤，做衣服却依旧讲究。乡下人没有几家扯得起城里的洋布，做衣多用自家织的土布。豫师傅嫌土布染得不好，穿上老掉颜色，便让儿子学了染布；豫师傅嫌乡下的皮棉弹得不好，缝上去板结得像块石板，又让儿子去学弹棉花。几年下来，栋师傅不仅染得一手吊灰、靛蓝的好布，而且弹得一手又松又软的棉花。父子俩做出的衣服，夏装不掉色，冬衣不板结。名声一出去，生意自然应接不暇，好些人家做衣服，得从春天约到秋天。栋师傅见父亲一年到头没个歇息，便劝说父亲："农家农户穿的衣服，结实耐穿就好，何必这么讲究！"豫师傅拿起竹尺打了儿子一板："手艺人靠手艺吃饭，糟践了手艺吃什么？人家叫你一声师傅，敬的是你的手艺！尊的是你的名声！"

豫师傅四十多岁便去了。栋师傅说父亲是累死的，郎中说豫师傅得的是肺痨。那晚做工回来，豫师傅进门便咳得喘不过气来，一口殷红的血喷出来，衣服上包袱上到处都是。栋师傅扶着父亲躺到床上，没等到天亮豫师傅便断了气。

豫师傅的头七刚过，陆续便有人来请栋师傅上门。栋师傅摇摇头，抱着父亲的灵牌，在家里守了足足七七四十九天。等到栋师傅夹着父亲的蓝布包袱重新行走在田野上，看上去人瘦了一圈，样子也老了十岁。父亲的早逝，给栋师傅的生命罩上了浓重的阴影，他隐隐地意识到过早夺去父亲性命的肺痨，似乎也是他的宿命。

肺痨是裁缝的职业病。旧时的裁缝，没几个人能躲过咯血而死的命运。父亲在世时，栋师傅常忍着咳嗽，不想让病入膏肓的父亲担心和伤心。其实父亲心里也明白，自己的手艺传给了儿子，肺痨也传给了儿子。

栋师傅下决心不让儿子家梁再端裁缝这个饭碗，宁可废了刘家这远近闻名的手艺，也要保全刘家这一脉香火。刘家已经两代单传了，到儿子这一辈也还只有家梁这根独苗，说不准刘家到头还真是三世单传。所以家梁这根苗，他一定要为刘家守好。

家梁五岁刚满，栋师傅便把他送进了小学。校长彭兴海觉得太小了没法教，让栋师傅等一年再送来。栋师傅说："学不学到东西没关系，关在学校里不让他跟着我跑就行。他要跟我跑两年，长大了又是个裁缝！"栋师傅把话说到这个份儿上，彭校长只好硬着头皮收了家梁。

祖母把要做衣服的面料搬出来，告诉栋师傅哪样做几套，栋师傅拿块粉色的画饼，在每块布料上快速地画画写写……

祖母把要做衣服的面料搬出来，

告诉栋师傅哪样做几套，栋师傅拿块粉色的画饼，

在每块布料上快速地画画写写……

家梁生性聪慧，学东西比大他一两岁的还快，课文读两遍，就能顺溜倒背。恼火的是家梁是个尖屁股，在座位上坐不到五分钟，就起身往教室外面跑，老师怎么喊都没用。彭校长上门找栋师傅告状，栋师傅一面给校长煮荷包蛋，一面说："由了他！由了他！只要他不跟我学裁缝，玩大了他干什么都可以！"彭校长说，我们这样的学校教不出什么人才的，不如让家梁跟你学裁缝，接了你的手艺，日后又是一个名师傅，吃香喝辣受人尊敬不说，也造福一方桑梓呵。栋师傅把头摇得像个拨浪鼓："彭校长你千万别跟家梁这么说，刘家人就是去讨米，也不能再吃裁缝这碗饭！"彭校长不明白栋师傅怎么会对裁缝这么深恶痛绝，也不好深究其中的理由，心想自己话说明白了，责任也就尽到了。

　　家梁十岁那年，村里的机耕道上来了一台手扶拖拉机。手扶拖拉机突突突地在路上跑，惹得学校里一群学生跟在后面追，追上了的便爬进拖斗对没追上的招手。家梁一条腿爬进了拖斗，一条腿还拖在路上，拖拉机突然一加速，家梁一声惨叫，从拖斗里跌下来。追上来的人一看，家梁裤裆扯开了，两腿都是血。送到镇上的卫生院，医生清理完血污一看，家梁两腿之间撕了一条大口，阴囊也从中撕开了，一粒睾丸掉了出来，裹满了泥土和血污。

　　栋师傅赶到医院，一头跪在医生面前："医生你怎么都要保住他的卵子！他要没了生育，刘家就绝了代呵！"老家人把睾丸叫卵子。医生说掉出来的那一粒是保不住了，另外的一粒保不保得住，要看伤口发不发炎，发了炎也保不住。栋师傅气喘吁吁跑回家，又心急火燎地赶到卫生院，喘得一脸通红，说不出半句话来，示意徒弟把腋下的蓝布包袱打开，竟是满满的一包钱。

家梁变成了远近闻名的独卵子，栋师傅不知道剩下的这粒卵子还中不中用，晚上常常等儿子睡了，把儿子的阴囊摸来摸去，一个人呆呆地坐到天明。有人说鸡公的卵子能补人卵，栋师傅便找了好几个劁鸡佬，让他们把劁鸡抠出的鸡卵子都送到刘家；有人说龟茎能补人卵，栋师傅又满世界托人买公乌龟。没人说得清这两样东西是否补了家梁的卵子，但肯定补了家梁的身子，三年两年，家梁长得比村里的同龄孩子都高，壮壮实实的，打架也厉害得很。

镇上的裁缝都提了工钱，只有栋师傅反倒降了，除了收点针头线脑的成本钱，手艺基本白送。乡里乡亲的过意不去，栋师傅便宽慰说："刘家要是绝了后，攒下的钱有什么用呢？你们成全我积点德，兴许家梁剩下的那粒卵子还能做点用。"

每年除夕和清明，栋师傅会独自在父亲的坟头待上半宿，除了燃烛烧香，便是跪在地上喃喃忏悔："要是晓得会遭这个孽，不如我把他带在身边学裁缝呢！当裁缝就算老了得个肺痨，也不至于断子绝孙呵！这都是我造的孽，也是我们刘家的命呵！您看刘家这一代一代，没哪一代人顺过。但再怎么不顺，也没有像我这一辈这么悖呵，丢了家传的手艺不算，还断了刘家的香火……"

家梁十七岁那年，栋师傅病已很重，三天两头咯血，有一回吐了大半脸盆。栋师傅把两个徒弟叫到床前，一边喘息一边断断续续地说："给家梁找个媳妇吧，我要看他成了亲才能闭眼。"徒弟很犯难，周围人家都知道家梁只剩一粒卵子，还不知道中不中用，谁愿意把姑娘嫁过来呢？再说那时节计划生育抓得紧，动不动就抓人拆屋，十七岁结婚犯法呵！栋师傅说我都土埋半截子的人了，还怕犯法？再说我刘家三代单传，生个崽传个香火，能犯多大个法。要拆也拆我的屋，你们只管找去！

两个徒弟东找西寻，到底在湖北公安找了户死了老公的人家，女儿十八岁，愿意嫁到刘家来。栋师傅听了，高兴得从床上爬起来，搬出压在箱底多少年的布料，亲手给媳妇缝嫁衣。"文革"后期花轿找不到了，栋师傅请了两班锣鼓响器，一路吹吹打打好生喜气。新娘拜完堂给公公婆婆敬茶，栋师傅竟捧出那个蓝布包袱，把那一包袱在医院没有花掉的钱，做茶钱给了新媳妇。来看热闹的大姑娘，一个个看得眼馋，后悔当时没应了这门婚事，让湖北丫头捡了个大便宜。

闹完洞房，客人走的走睡的睡，只有栋师傅两口子瞪着眼睛躺在床上，侧着耳朵听洞房里的动静。栋师傅还是不放心，儿子剩下的那粒独卵子，到底能不能给刘家继上香火。

媳妇过门回来，栋师傅硬是按捺不住，把儿子叫到床前问："还中用不？"儿子毕竟还小，有几分害臊："什么中用不中用？放心！放心！"

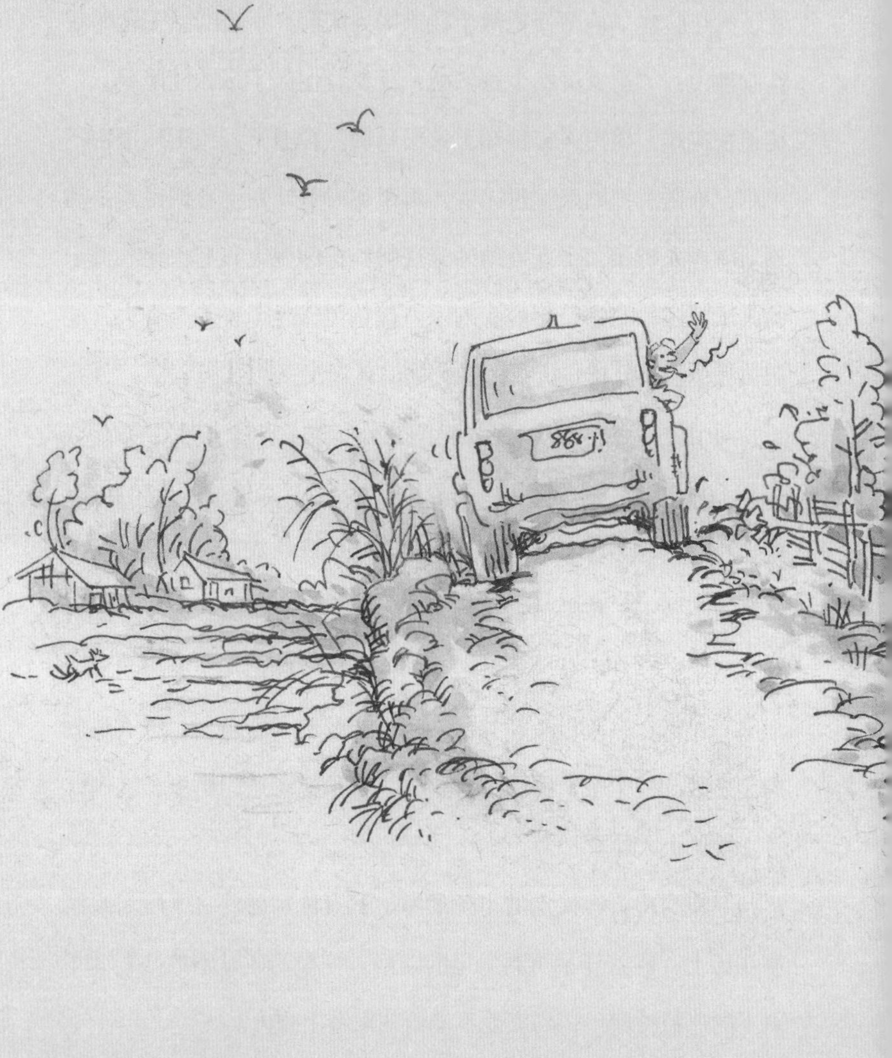

后面等着的车不停按喇叭，

家梁只好爬上车，

朝我扬了扬手道别，然后绝尘而去。

栋师傅还没把心彻底放下，便撒手西去了。十里八乡的人都来送他上山，身上穿的大都是栋师傅一针一线缝的衣服。年长的人说，活了一辈子，没见过那么长的送葬队伍，没见过那么热闹的纸扎仪仗。送葬的人一边低声叨念："好人呵好人！"一边扼腕感叹："这么好的人却断了子孙！"

乡邻们送走了老家最好的裁缝师傅，也送走了老家最后一位上门裁缝。栋师傅死后，老家再也没人请裁缝上门做衣服了。乡镇上卖成衣的店子一家一家开出来，乡下人也习惯了到店子里买衣换季。

栋师傅的两个徒弟没能接住师傅留下的生意，只好离家去了广东。那阵子珠江三角洲遍地都是加工成衣的工厂，一个香港小老板，三五十个车衣工，便热热闹闹地倒腾起来。栋师傅的徒弟手艺好，人也老实肯做，很快便在不同的厂里当了师傅。

家梁待在乡下，既干不了裁缝，又做不了农活，一天到晚闲得无聊。湖北媳妇怕他闲出病来，便让他去广东找父亲的徒弟，看那里能不能找个事情做："虽然父亲留下了一点家底，但坐吃山空总不是个日子。"

家梁先到父亲大徒弟的厂子，大徒弟安排他学车衣，家梁摇摇头："我爹不让我学裁缝。"后来去了二徒弟的厂子，二徒弟让他跟着学打版，家梁还是摇摇头："我爹不许我做裁缝！"两个徒弟知道师傅的遗愿，也不好勉强家梁，由了他在东莞、中山游来游去。

一天，家梁把父亲的两个徒弟找到小榄镇上的一个餐馆，敬了一杯酒说："师兄，我们开个制衣厂吧！本钱我出，当老板。你俩当师傅，不出本钱。"大徒弟望着二徒弟，二徒弟望着大徒弟，半天没有吱声。想着师傅对他们恩重如山，至死没有索取回报，帮帮师傅的儿子，成与不成，也算了了平生一大心愿，于是便点了点头。

家梁跑回家，把那包父亲准备给他治卵子的钱背到东莞，开了家名叫"栋梁制衣"的小厂。父亲的两个徒弟也辞了工，各自带了十个车衣工过来。家梁把工厂交给两个徒弟，自己一天到晚满世界跑，只负责接订单。

我有十多年没见过家梁。年节回老家，叔叔婶婶聊到栋师傅，连带会说到他的儿子家梁在广东发了，开了好几家厂，除了湖北老婆，在广东又找了两三个老婆，生了七八个小孩子。原以为栋师傅会断香火，没想到比哪家都人丁兴旺！独卵子厉害呢！

前年清明，我开车回老家扫墓。乡村公路修得窄，开一段要停在宽一点的路段错车。我把车停在路边，等迎面开来的一辆路虎过去。没想到路虎开到我的车边停下来，车窗里探出一个头来叫我的小名："是毛子吧？"我一看是家梁。一身典型的城里人行头，车上还有两个孩子、一个漂亮的年轻女人，不是我见过的那位湖北媳妇。

家梁走下车，递给我一支香烟。

我不知道说什么，便问："回来给栋师傅扫墓？"

"是呵。在他坟前待了一阵，也不知道说什么好。你知道我父亲不想我做裁缝的，到头来我偏做了这一行。"

"栋师傅还担心你不生育，断了刘家的香火，你现在这一大家子，他该多开心呵！"

家梁不好意思地嘿嘿两声："乡下人有了几个钱，都这样，不像你们有文化的。不过也算了了我老爹一个心愿，刘家到底没有断后。"

"栋师傅要是还在，该享大福了呢！"

"我爹要是还在，他那一手做皮货的手艺，不知道要赚多少钱呢！"

后面等着的车不停按喇叭，家梁只好爬上车，朝我扬了扬手道别，然后绝尘而去。

扫完祖父祖母和三婶的墓，我顺道去了栋师傅的老屋。经年荒弃，土砖青瓦的房屋已经颓圮，房前屋后的竹木却长得放肆，禾场边的桃树李树，缀满了青涩的果子。午后的阳光，四月的微风，暮春的果木与几代人的老宅，将荒芜与生机、肃杀与和煦糅合成一派浓浓春意。

老屋的四周，是一坦平川的田野，深紫的紫云英、明黄的油菜花，在晃亮的阳光里开得绚烂。春风徐来，鸟鸣婉转，花香袭人，恍惚间又回到了童年。然而凝神一看，村头上少了拿戒尺的彭先生，村道上少了背药箱的赵郎中，田野上少了夹包袱在田埂上奔走、在寒冷的晨风里哈着白白热气的栋师傅……没了这些稔熟亲切的身影，没了这些悲喜交集的身世，乡村便少了些定力和底气，田野便少了些灵性和惆怅，即使是鲜花烂漫春意荡漾的田野，也让人觉出几分空寂与疏离来。

2017 年 7 月 7 日于抱朴庐

日子疯长

少年农事

六岁那年，在镇上完全小学教书的父母，决定将我送回老家的村办学校读书。这事放到择校成风的当今，怎么看都有几分荒唐，但当时确实顺理成章。我这一辈的城市少年，有好些是顶着城里户口生，啃着乡下瓜菜长的，跟着老家的祖父母，在乡村的泥水里滚大。

听说要回乡下老家，我竟有几分莫名的兴奋。天不亮便起了床，理书包，掇衣服，催着父亲快走快走。小镇距老家，也就十多里地，天亮动身，不紧不慢走到老屋场，正好赶得上吃早饭。

仲春的田畴，是一块鲜花的巨毯。一畦一畦的紫云英，挤挤密密地一直绽放到天边。开满蚕豆花和野蔷薇的田埂，随意地将田野画成一个一个形状各异的大花环。一条蜿蜒的乡村土路，将绚烂的花畦和明净的河港连在一起，向朝霞浸润的地平线延伸。早起的布谷鸟，翩然飞过天际，间或几声鸣叫，仿佛在唤醒笼在淡淡雾霭里的田野。

辽远空寂的田原，似乎真的被唤醒了，伴随着远近农舍吱呀吱呀的开门声，田埂上有了背筤箕拾野粪的少年、挎竹篓打猪草的妇人、吆喝着耕牛走向田畈的老汉……一幅描摹了千百年的乡野晨耕图，在淡蓝的薄雾里缓缓展开。沿着图画中那条弯弯曲曲的乡村道路，我满怀期待地走回老家，走回世代承袭的农耕岁月……

寂虫

在老家，谈论一位主妇是否贤惠能干，公认有三条标准：缝得一手好针线，烧得一桌好茶饭，摸得一个好菜园。所谓摸，就是细细磨磨，精精致致地打理，仿佛一件爱物，握在手中摩挲把玩，时时不忍放下。乡下女人比针线，比茶饭，更比菜园子。菜园子摆在屋场上，来个人都看得到，即使是过路的讨杯水喝，也会根据菜园子打理得是否妥帖顺眼，选择进谁家的门。

菜园子是乡下女人的脸面。

菜园子是不让男人插手沾边的。男人们粗手大脚，粗枝大叶，干不了种菜理园的精细活。即使是挑水担粪的重活，女人也不让男人搭手，要么妯娌，要么婆媳，抬着尿桶悠悠晃晃地进菜园，那是一道风景。记得老家有首民歌，就是描绘这幅场景的："咚呀咚咚呀咚，两个姑儿抬尿桶，一抬抬到菜园中，又肥韭菜又肥葱，肥了韭菜壮老公……"

女人嫁进婆家，除了出工和睡觉，有一半的时间耗在菜园里。清晨进园子捉虫摘菜，傍晚进园子松土上粪；天旱了一天浇两道水，天涝了一天排两回渍；春来栽茄子辣椒、黄瓜豆角，秋来种白菜萝卜、莴苣蕻菜。从早到晚，从春到秋，女人的世界便是菜园子。

忙不过来的时候，女人们也会找孩子搭把手，一来孩子闲着无事，二来孩子心灵手巧。祖母栽茄子辣椒秧子，会让我去山上摘些桐叶盖上，免得太阳暴晒秧苗枯萎；祖母给黄瓜豆角搭棚，会让我爬树割些棕叶绑扎，棕叶经得住日晒雨淋，免得瓜棚不到秋天便倒塌；祖母种白菜萝卜下种，会让我提些发酵过的鸡粪来，与火土灰拌在一起，免得烧死种子萌发的嫩芽。

在菜园里，祖母吩咐干这干那，我最喜欢的还是捉虫。捉虫是件长线活，一年四季，一天到晚，什么时候进园子，都有害虫可以捉。有了这个理由，便可随时跑进菜园摘条黄瓜，扯个萝卜，三下五下地吃了。捉虫还是件技术活，要和各种各样的虫子斗智斗法。比如春天捉土蚕，土蚕白白胖胖的，白天躲在深深的泥土里睡懒觉，夜里才爬出来咬菜苗。土蚕爱吃秧苗的嫩茎，每每在

有时一早上能捉十几二十条，

用桐叶包来往鸡群里一扔，

鸡们抢着争着啄，每每打斗好一阵子。

挨近泥土的地方咬断茎秆，死命地往洞穴里拖。因为茎秆的上端长着叶子，怎么也拖不进去。清晨进园子，看见叶子伏在地上，用小铲往下一挖，两条肥肥的土蚕便捉到了。早春时节，有时一早上能捉十几二十条，用桐叶包来往鸡群里一扔，鸡们抢着争着啄，每每打斗好一阵子。还有一种蟥子，爱贴在刚长出的嫩豆角上吸吮汁液。蟥子黑黑的，比平常在地上看的小黄蚁还小，一飞来便成千上万，捉一辈子也捉不完。邻居家抽叶子烟的老爷爷教我一个法子，把他竹烟筒里的烟屎掏出来，用热水溶了，凉后撒在豆角上，蟥子贴上去不一会儿，便一群一群掉下来，不知是醉了尼古丁，还是被毒死了。重复撒上两三回，一个季节都不会有蟥子再飞回来。

我喜欢捉虫子的另一个原因，是菜园里的虫子大都十分漂亮，看上去一点害虫的样子都没有。比方说黄婆娘，黄亮亮的甲壳上，长满褐的红的斑点，栖在翠绿的菜叶上，像一颗颗镶嵌的宝石。还有一种红婆娘，平素待在茅草山上，只有干旱的年份茅草枯死了，才到菜园里咬菜叶。红婆娘体形比黄婆娘大，也没有硬硬的甲壳，看上去更像一只幼蝉。红婆娘一身通红，八片红得透明的薄翅，飞在阳光下像一团火。翅膀鼓动空气，发出昂扬而顿挫的声响，听上去像鼓点。后来看西班牙红衣女郎跳《卡门》，我竟脱口而出：红婆娘！

我一直没有舍得把捉到的红婆娘喂鸡。每回捉了用玻璃瓶装着，看上一阵便跑到山上，拔开瓶塞放飞了。数十只红婆娘拼命飞向天空，那种生命的激越与艳丽，让什么样的人类舞蹈都黯然失色。

打猪草

旧戏文里，常有年轻男女边打猪草边调情的唱段。其实在乡下，打猪草通常是孩子的事。除非这户人家没有适龄的孩子，或者孩子出门了，女人才挎上竹篮走向田野。

乡下喂猪是没有粮食也舍不得用粮食的。我在乡下那会儿，人还要忙时吃干闲时吃稀，哪儿来粮食喂猪呢？除了家里整米得到的一点谷糠，春天的萝卜，秋天的红薯，便是最好的猪食了。一头猪崽开春捉回来，养到腊月宰了过年，全靠孩子们上山下地打猪草。

第一次打猪草，我是被邻居邀去的。一群挎着篮子的孩子，大的十来岁，小的五六岁，推推搡搡路过我家老屋场，见了我便招呼："挑黄花菜去啵？"祖母从屋角找了一个竹篓、一把小铲递给我，让我跟他们叽叽喳喳地走了。

那时节萝卜和油菜都开了花，只有田埂上、油菜地里星星点点的黄花菜、地米菜还可以剁碎给猪吃。黄花菜茎秆很细，绛红的颜色，顶着指头宽窄的绿叶和黄灿灿的小花。大凡灾荒的年月，短了口粮的人家，也会挑来充饥，因而被叫作苦菜花。春季是乡下的荒月，人闹粮荒，猪也闹粮荒，就是这味道微苦的黄花菜，饥馑的年头还人猪争食。在老家，我就吃过黄花菜饭。祖母把洗净的黄花菜剁碎，和上白米一起焖，熟了端上桌来，黑乎乎一碗分不出哪是菜哪是米。

黄花菜冬季便长出来了，只是没有开花，红茎绿叶的长在结满霜花的田边地头，倒也有几分傲寒。挖黄花菜先要用小铲铲进土里，轻轻往上一挑，然后抓住黄花菜茎叶一抖，抖掉泥土往篓子里一扔，老家人把这称为挑黄花菜。我是第一次挑黄花菜，一手操铲一手拖竹篓，笨手笨脚的，半天才挑到一棵。后来顺手了，那一铲一挑一抓一抖一扔连贯顺畅的节奏，一点不让乡下的孩子。

大约是挑黄花菜的多了，田埂边荒地上几乎找不见黄花菜，只有油菜地的畦沟里，还一窝窝长得茂盛。同伴每人伏在一条畦沟里，暗自较劲看谁挑得快挑得多。那时节油菜的花季刚过，秆上结了满满的荚子，只有秆梢还开着些许黄花，蜜蜂在周边飞来飞去，嗡嗡的，似乎不是为了采花，而是为了吟唱。

同伴们远远地挑到前面去了，我索性在畦沟里躺下来，透过枝枝串串的荚子望天空。当午的太阳悬在头顶，将油菜茎与荚的影子涂了一地，偶尔一阵微风拂来，拂动油菜，也拂动地上的影子皮影似的摇晃。春风和煦，即使是躺在有些阴凉的油菜沟里，也能感受大地暖洋洋的春意。伙伴的嬉闹已在远处，阳雀子婉转的鸣唱也在远处。一群一群的长尾鸟，在云影淡远的天空翱翔，织锦般的羽翼舞在阳光里，闪耀出一道道梦幻的光影⋯⋯

　　春末的日子，猪草多了起来，地米菜、猫耳朵、牛舌头和各种各样的青蒿子，跑到山上半个时辰，就能扯到满满一篓。接下来便是躲在野坟堆里装神弄鬼，你吓我我吓你，吓得胆小的女孩子哇哇叫。玩得累了饿了，便在小坡上造灶做饭。有的用小铲挑一处陡坎挖灶，有的去松林里耙松毛拾松果，有的去农家找瓦钵或破铁锅，有的则跑到远处的蚕豆豌豆地里偷豆荚。蚕豆豌豆是队里种的作物，只能跑到别的生产队去偷，即使被发现，人家也不知道谁是谁家的孩子，家里不会被扣工分，回家也不会挨骂挨揍。东西找齐，便点燃松毛，然后把松果和干树枝塞进去，灶里冒起一缕青烟，火也熊熊地燃起来。再将找来的瓦钵或破锅架上去，待到钵子或锅子烧热，倒进剥了荚的蚕豆或豌豆，拿根树枝翻过来翻过去。烧火的在灶膛里放多了柴火，火一旺豆子便噼噼啪啪地爆起来，蹦得满地都是。烧火的慌手慌脚地往外退柴火，不是烫了手掌，便是烧了眉毛，最后弄得一脸乌漆墨黑，像戏台上的大花脸。一锅豆子炒出来，剩在锅里的炒煳了，没煳的全爆到了地上。不管锅里的地上的，大伙照例吃得津津有味。若是谁捡得多了，大家一哄而上，将其按倒在地，把袋里手里的豆子抢过来。谁要抢得多了，又会被没抢到的追赶按倒，如此循环往复，直到一个个累得瘫倒在山坡上。

　　远近农舍的炊烟升起来，农妇们扎着围裙站在禾场上，一边唤鸡回笼，唤狗回窝，一边骂骂咧咧地喊孩子回家。伙伴们这才缓缓地从山坡上爬起来，挎上装满猪草的竹篓，一摇一晃地往家走。

弄鱼

弄鱼是我的拿手戏，也是我一年四季乐此不疲的农事。

在老家，弄鱼是用各种手段捕鱼的总称。老家人会说某人会钓鱼，某人会打鱼，某人会捉鱼，通常不会说某人会弄鱼，而老家人说我是会弄鱼。除了拿农药毒鱼、拿电打鱼这种下三烂的手法我不屑于用，其他捕鱼的手段，我无一不会，无一不精，老家十里八乡，像我这样全能的捕鱼能手，估计找不出两三个。在乡下很少人叫我学名，见面都叫我"猫子"，意思是我弄鱼的本领，就像一只猫。

不止一个更深人静的夜晚，我扪心自问有什么禀赋，思来想去只有一项，便是弄鱼。别人手上任何一种捕鱼的奇技，我几乎一眼就会。有些技术到我手上，或多或少都有创新。如果十二生肖中有一属是猫，那我铁定是属猫的。

就说乡下常见的伺鱼，也因不同季节不同鱼类而用不同的伺法，使用的篓也不一样。老家人说的篓子，是一种用来捕鱼的特制篾篓，在篓子的口子上织有倒刺，鱼从口子进得去出不来。篓子装在那里，等着鱼儿进来，故曰伺鱼。簏是老家的发音，究竟是哪个字，我至今没弄明白，《新华字典》上也查不出来，姑且借用一下"簏"字。

春天鲫鱼、鲤鱼要到浅水处产卵，哪里有流水，便逆水往上游。簏装在上水口，水从簏的口子流出来，成群结队的鲫鱼、鲤鱼便往簏里钻。上床时分装簏，黎明时分来取，簏里的鱼倒出来，大抵都会有一小桶子。装簏不能早，取鱼不能晚，装早了乡邻没睡，簏子会被发现，说不定有人起个早床就把鱼取走了；取晚了早起拾粪的看见了，也可能将簏子里的鱼收走。

夏季鱼行下水，簏得装在下水口。甩完子的鲶鱼、黄骨鱼顺水而下，糊里糊涂跌进簏里。伺下水的簏口要大，水口要陡，水声越大，下水的鱼儿越多。水声大了，惦记的人也就多了，大家都知道这样的水口好伺鱼，自家没占住水口，总会有别家装了簏。睡到半夜，定会有人跑到水口转一转，看看有没有顺手牵羊的机会。这样的夜晚便要整夜地守候。搬一张竹凉床，在菜园里摘一个菜瓜或香瓜，点上一把半干半湿的艾蒿。乡村的夏夜蚊子多，靠一把蒲扇拍打是驱不走蚊虫的，只有艾叶能将蚊子熏跑。

伴着潺潺的水声和唧唧的虫鸣，躺在凉床上仰望天空，夏夜里的星星明亮而密集，密集得几乎可以听见星星们低声的吵闹。流星一颗一颗滑落下去，光耀的尾巴似乎带着长长的哨声。挂在空中的圆月，朗朗地照着田野，在星星挤来挤去的苍穹里，倒显孤寂寡欢。

时过半夜，星星们累了倦了，一眨眼便隐得没了踪迹，只留下疏疏落落的几颗星子，在瓦蓝瓦蓝的夜空里，陪伴月亮踽踽西行。

露水降临得十分神秘。月光里？夜风里？花香里？似乎都不见露水的踪迹，然而用手在凉床上一抹，分明有一层薄薄的水汽，身上也觉出一种如水的沁凉……

收完篆子回家，祖父已经起床，开鸡笼，喂猪食，把牛牵到塘边喝水。我将桶子里的鱼提给祖父看，祖父接过来掂了掂说："今天别伺了！"我明白，祖父是让我把水口留给别的人家。

秋冬季节，鱼躲在深水区不动，上水下水的篆都伺不了，只有放花篮。花篮是一种形如水桶、两头有口的篆，鱼儿从哪头口子钻进来，都被倒刺挡住出不去。将青草或炒熟的米糠团子放进花篮，在花篮上连一根长长的绳子，用竹竿将篮子放到堰塘或河港的深水处，把绳子拴在一个隐秘的木桩上。收取时，扯着绳子便把花篮拉了上来。

水鱼在北方叫鳖或老鳖，在老家叫脚鱼。水鱼喜欢钻泥巴，堰塘干涸后，人们常常在泥巴里踩着水鱼，所以称之为脚鱼。除了踩脚鱼，弄脚鱼还有好多种方法：放、打、摸、捡、捉、钓等等。放脚鱼的工具是一根中号缝衣针，用尼龙线穿上，连上一根半米长的竹棍。先将猪肝切成五厘米长的条，浸上菜籽油，然后穿到缝衣针上，用尼龙线捆绑牢实，扔到估计有脚鱼的水域，把竹棍插在岸上。一般一次会放十几根竹棍。因为不要像钓鱼似的

水从篆的口子流出来，

成群结队的鲫鱼鲤鱼便往篆里钻。

上床时分装篆，黎明时分来取，

篆里的鱼倒出来，大抵都会有一小桶子。

水从篆的口子流出来，

成群结队的鲫鱼鲤鱼便往篆里钻。

上床时分装篆，黎明时分来取，

篆里的鱼倒出来，大抵都会有一小桶子。

拿根钓竿守着，所以叫放脚鱼。如果尼龙线被绷直了，说明有脚鱼吃了猪肝，而且缝衣针已卡住脚鱼的脖子，拽着尼龙线慢慢拉，脚鱼便会被拉上来。倘若拉得太急，脚鱼剧烈挣扎，也可能挣断绳子逃脱。我曾放到一只二三斤重的脚鱼，脖子上竟卡了三根缝衣针，说明这只脚鱼逃脱了三次。

打脚鱼要用一杆带滑轮的枪，相当于现在钓鱼的海竿。在尼龙线上装上两排挂钩，再系上一个铅砣。脚鱼潜水能力差，隔不多长时间便要浮出水面透气，尤其是夏天，浮在水面将脑袋伸得高高，打脚鱼的看见，一杆甩过去，然后用力左右摆动。脚鱼受惊下潜，正好被摆动的挂钩挂住。打脚鱼一要眼睛尖，二要手法准，没有训练的人，弄不好会挂了自己的耳朵。

摸脚鱼只能在夏天。脚鱼听觉灵敏，即使在几米深的水下，也能听得见岸上的声音。夏天打雷，脚鱼听见就往泥里钻，水面上便鼓出一串串水泡来，看准冒水泡的位置潜下去，便会在泥巴里摸到脚鱼。脚鱼出水会咬人，必须用拇指和食指掐住脚鱼的后腿窝。没有雷声的天气，站在水里两掌相向用力击水，也会发出嘭嘭的声响，脚鱼以为打雷，照样往泥巴里钻。冬天干了水塘或河汊，大小的鱼都捉尽了，只有脚鱼藏在了深深的泥坑里。到了晚上八九点钟，脚鱼憋不住气，钻出泥巴将头昂得老高。这时候打个火把提个水桶，下到坑里顺手就捡。看到有人来，脚鱼自然会逃，但泥巴上留下两行清清楚楚的脚印，顺着脚印摸下去，手到擒来。有一年腊月村里干塘，我和弟弟竟然捡了满满两桶子脚鱼。幺叔杀得腿发麻手发酸，剩下半桶送了邻居。产卵的季节，脚鱼晚上会偷偷爬上岸来，寻找沙土或腐殖质松厚的地方产卵。把准那个季节，在清朗的月光下守上几个夜晚，只要手脚麻利，总会捉到几只脚鱼。平素钓鱼，即使不用猪肝做诱饵，用钓鲫鱼草鱼的蚯蚓，也会钓到脚鱼的。一天清晨，我居然在一个平常钓鲫鱼的窝子，钓了十九只半斤大小的脚鱼。提回家里，祖父说太小了，吃了可惜，再养养吧，提到塘边倒进了水里。

撒网打鱼，惯常是大人的事，一来湿水的渔网有三十来斤，力气小了提不起；二来撒网有技术，弄不好网没撒开，人却掉进了水里。十一岁那年，祖父外出修铁路，我便偷了渔网学撒网，先在禾场上撒干网，待到能把网撒开了撒圆了，便到塘里去打鱼。村里防人偷鱼，在塘里沉了好些树枝。一网下去，拉都拉不动，我以为打到了大鱼，死命往上拽，最后把渔网扯出了两个木盆大小的洞。幸好幺叔会织网，花了好几个晚上才补好。

撒网论技艺，要在河上湖上的小船上。扁舟一叶，一人船尾摇桨，一人船头撒网，船进船退，网撒网收，协调竟如一人。月白风轻的夜晚，小船吱嘎吱嘎地从宽阔的湖面划过，漾起一道细碎的波光。远近的渔火，在朦胧的水雾中明灭，似独自划行，又似彼此照映。没有想象中的渔歌互答，只有不时蹿出的水鸟，嗖嗖地掠过湖面，消逝在芦苇深处。大雁不知是被惊起，还是原本就在迁徙的旅途，噢噢地鸣叫着飞过夜空，在硕大莹洁的圆月上剪影似的变换阵形……

偷柴火

老家的屋场，西朝平原东靠山，风景风水俱佳。因了这个缘故，村上的人家都选了这个朝向，几十个屋场由南到北，一字形排在山梁与平原的皱褶上。平原上的水田产稻米油菜，山坡上的旱土产棉花红薯，山上山下就是没块田土产柴火。老家人所说的柴火，是能煮饭烧水的柴草的统称。由此可见，老家人眼中的柴草，与禾稻一样的金贵。

田里虽然一年收两季稻子，但稻草要堆在那里冬天喂牛；夏秋收了菜籽和棉花，茎秆扯来晒干可作柴烧，但总共就那么百十捆，分到每家每户填不了两天灶膛。老家人一年到头烧的柴火，要到别人家的柴山上去砍。那时的柴山，不是公家禁了，就是每户人家自己守着，找不到一亩一分天不管地不收的野山。老家人说上山砍柴火，其实就是去偷。一日三餐的饭菜，都是靠偷来的柴火烧熟的。

这事让老家人与周边一二十里柴山的关系十分紧张。有人偷便有人防，一来二去冲突多了，也有红脸动手的时候。碰上看山的是部队上复员的，还会将偷柴的绑了交到队上。不管是谁家人偷柴被绑了，一吆喝家家户户都会聚拢来，带上扁担砍刀去要人。柴山里的人也只是想宣示一下主权，讨回一个公道，群架终究是不会打的。大家心里都明白，山边上的人没柴山，但饭总得烧熟了吃，山里人守着大片的茅草山松树林，总不能让人家天天嚼生米。捉归捉，放归放，骂骂咧咧推推拉拉纠缠一阵子，人到底还是要放回去的。只是日子长了，三天两头被捉住，大人们觉得没面子，慢慢地便支使孩子上山去，如果不是家里开不了火，大人是不好意思上山偷柴火的。

少年农事中，偷柴火算是最苦最累的一桩。一捆茅草砍倒捆好，顶到头上撒腿跑，生怕慢了被看山人抓到。从老屋场到周边的柴山，近的五六里，远的十好几里，一路奔跑到家，茅草一扔便瘫在了地上。顶在头上的茅草捆子有四五十斤重，又硬又尖的茅草秆子一颠一跌将头皮戳破，殷殷地渗出血来，流过额头糊在眼睛上，模模糊糊的看什么都有几分血色。汗水早就流干了，脸上身上结出一层盐花，用手一抹，满掌都是细碎的盐粒子。碰上真被看山人盯上了，还得在柴山上绕来绕去，不能让看山人找到家门。实在被追得急了，便扔下头上的茅草亡命逃。跑回家里觉得脚疼，一看脚上的布鞋剩了一只，光着的脚上糊满泥巴，好几道口子在流血。裤腿被山上的荆棘挂成了布条，走起路来晃晃荡荡。

那时节已有了胶底布面的解放鞋，还有防水的橡胶靴，但那鞋一是卖得贵，二是砍柴不顶事。柴山上满是砍了荆棘的桩子，斜斜的砍口晒干后又硬又锋利，一脚踩去胶底扎个透穿，还会在脚上扎个洞。再说胶鞋不吸水，奔跑中全身的汗水顺着两腿流进鞋里，溜滑溜滑的摔死人。我唯——次被看山人抓住，就是因为穿了胶底鞋，脚下滑滑的摔在一道陡坎上，怎么也爬不上去。砍柴火最好的是千层底的布鞋，就是祖母和三婶用旧布片纳的那种，不仅吸汗水，而且再尖利的树桩也刺不穿，奔跑中也不易跑掉。只是万一背时跑丢了，脚板便会伤痕累累。老家那边的孩子，从童年到少年，总会有几回被人追掉鞋子的经历。

苦也罢累也罢，老家的孩子终究是喜欢上山砍柴火的。一来上山满世界跑，没有大人拘束，顶着砍柴火的名分，干尽调皮捣蛋的勾当：夏天在人家的南瓜肚脐上插根小木棍，冬天在人家的狗窝里偷个小狗崽；二来偷柴火要冒被捉的风险，既紧张又刺激，久了也会和看山人捉迷藏。先派一两个胆大的同伴装成偷柴火的样子，将看山人吸引到另一个山头，留下的便大摇大摆进山砍柴。砍完顶着担绕到看山人待的山头窝棚边，一边大呼小叫地唤同伴归队，一边唱着《打靶归来》雄赳赳气昂昂地回家，等到看山人回过神来，气急败坏地站在山顶上骂娘……

更重要的还是觉得自己成了家中的劳动力，一家人吃生吃熟靠着自己，没人再说是吃闲饭的。老家的孩子谁吃苦耐劳，谁聪明能干，看看屋檐下摞了多少茅草、火坑里码了多少劈柴、灶屋

砍完顶着担着绕到看山人待的山头窝棚边，

一边大呼小叫地唤同伴归队，

一边唱着《打靶归来》雄赳赳气昂昂地回家……

里堆了多少松毛，不聊不问，便心知肚明。

砍柴火是有季节的，什么季节砍什么柴，还真有些讲究。茅草最好是晚秋时节砍，早了茅草还没老，含的水分多，不禁烧，一担茅草挑回家，把人压个半死，抵不了半担老茅草。冬天砍茅草又太干枯，砍起来伤刀也伤手，弄不好便一手血泡。春天茅草刚发芽，山上光秃秃的没柴砍，只能慢慢寻找刺蔸子挖。秋天砍茅草，连同山上的黄荆、狗骨、野蔷薇一起砍了，留下这些灌木的树蔸子在土里。春天草浅容易找，挖出来晒干，烧起来火力比松枝还猛。砍松枝至少要等到夏天，要等到春天里新发的松毛长齐长出油，燃出的火苗才不软不硬。

松针在老家叫松毛，是一种用途特殊的柴火。腊月家家户户打豆腐、熬米糖、蒸阴米、摊绿豆皮，无一不要用松毛。干了的松毛带油性，火力比茅草硬，比劈柴软，火势易控制，正好适合熬糖摊豆皮。腊月里谁家要是缺了松毛，熬的糖不是嫩了便是焦了，摊的豆皮不是厚了便是薄了，难得恰到好处。挨近腊月，家中老人便会催促：上山耙松毛吧，家里等着熬糖摊豆皮呢！

不是经常上山偷柴火的人，是耙不到松毛的。哪一带柴山有松林，哪一片松林松毛厚，哪块山坡平坦松毛好耙，还有哪一座柴山看山人好说话，即使抓住了也不会没收耙子和箩筐。箩筐是家里的重要农具，一年四季担红薯挑油菜，送公粮卖余粮，每天都缺不了。

通常我过了午夜才上山，那时候看山人在山上转了大半夜，要是有人偷柴火便赶来赶去赶累了，要是没人偷柴火便转来转去转累了，怎么也得回到搭在山顶的茅草棚里喝口热水，焐焐耳朵，搓搓手掌。腊月的山风拂过林子呜呜地叫，刮在脸上手上刀子似的，看山人缩进棚里躺下，常常一睡便天亮了。腊月里的满月格外明亮，白晃晃地照着漫山黑压压的松林。月光从树冠的空隙泻下来，在金黄的松毛地上银光闪烁。松涛大海般起伏，月光水银般流淌，金银辉映中的山林霎时光辉灿烂！那漫无边际的金山银海，那巧夺天工的光影照映，即使奢华如西班牙皇宫，其堂皇与震撼亦不能及其万一。我于是成了一个童话中的人物，这个在月光森林里奔来奔去的少年，不再是一个偷儿，而是一个精灵，一个拥有日月风华、天地造化的精灵。

收野粪

"庄稼一枝花，全靠肥当家"，这条标语曾经刷满村屋农舍的土墙。在化肥尚未肆虐成灾的当年，一年农事的丰歉，还真是靠农肥当家。

积肥包括出家肥和收野粪。出家肥是将茅坑里的人粪、鸡笼里的鸡粪、猪栏里的猪粪、牛棚里的牛粪，定期淘出来送到田边地头去。收野粪是将人、狗、猪、牛、马、驴、鸡、鸭、鹅拉在野地里的屎收回来，坑沤堆埋发酵后，再施到庄稼地里去。出家肥是劳力们的事，一担人粪或猪屎百把斤，妇女和少年们担不起。收野粪则老少男女都有份。男劳力大多收牛屎马屎，妇女们大多收鸡屎鸭屎，少年们大多收狗屎人屎。收牛屎马屎体积大分量重，是件体力活，所以男人们做；收鸡屎鸭屎要走村串户，是件人情活，所以妇女们做；收狗屎人屎要漫山遍野地窜，是件腿脚活，所以孩子们做。

百种庄稼百样肥，各适其用。牛、马、猪这些食草动物，拉出来的粪便多是植物纤维，要在水里沤上一段时日才见肥力。牛马粪便收回来，直接挑到田头凼子里。待到春耕整田时，用长柄粪瓢一瓢一瓢浇到田里的每个角落。这是一年中至关重要的基肥，基肥沤得熟，浇得足，一年的收成便有了五成把握。鸡鸭食青草、谷物、虫子和小鱼螺虾，拉的屎是农家肥里的精肥，多用于棉花、蔬菜育种。鸡鸭粪收回来，先在室内堆放，让其自然发酵一两个月，然后趁六七月间太阳大，摊在禾场上翻晒，晒到干得一搓便碎，再用石碾压成粉末，装在家里的大瓦缸或大木桶里，总之必须防潮。春来种茄子辣椒豆角黄瓜，先将火土灰用筛子筛过，再掺上鸡鸭粉肥，反复用手拌和，然后均匀地撒在深耕细耙过的菜畦上，播上茄子辣椒豆角的种子，再一遍一遍地撒上粉肥覆盖。为了保温和防备鸟儿啄食种子，还要铺上一层茅草。茅草要铺得既厚实又蓬松，要让太阳从缝隙里照得进去，又要防备乍暖还寒时分的倒春寒冻伤种子和幼芽。其过程细致到考究，有种庄重神圣的仪式感。

种棉花则要将这些拌匀的粉肥做成营养钵。农妇们先将浸湿的稻草绕成一个鸟巢似的草钵，然后填上粉肥和棉种。待棉种在钵里长出几片圆圆的叶子，远远看上去仿佛鸟巢里的雏鸟探出的脑袋。几万只营养钵摆在向阳的山坡上，如同几万只哺育雏鸟的鸟巢沐浴在春天柔软的阳光里，那雏嫩得让人怜爱又蓬勃得让人亢奋的生命景象，大抵是人类创造的最令人震撼又最令人着迷的生命奇观！

野地里拾回来的人粪狗粪，要直接倒进茅坑里，等到沤成了粪水，用作作物的追肥。菜园里的蔬菜或者旱地上的油菜、棉花，长到五六片叶子时，便用粪桶担了粪水到地里，兑上清水稀释后，再一瓢一瓢细心地浇到栽种菜苗或棉苗的窝子里。粪水不能浇到苗子上，阳光一晒，沾了粪水的秧苗便会枯死，因而乡下浇粪，总会选在傍晚时分。

拾狗粪是乡下少年不愿干却又不得不干的农活，一是臭，一筐狗屎提在手里，臭得了大半里路，清早收粪回家人还没到，祖父便远远地闻到了臭味，臭味越重，知道我拾得越多，脸上的皱纹笑成一朵金菊。如果哪天进了屋场还没有闻到臭味，祖父便会说："今天起迟了吧？"我也曾试图分辩说："不少呢，都倒在茅坑了。"祖父白我一眼不说什么，我知道他一闻臭气便知道我到底收了多少狗屎。二是要起早床，鸡叫便要起床，背把钉耙拎个篾箕满山跑。乡下收狗屎，其实是狗出门人出门，跟着上山拉屎的狗屁股跑。如果贪睡起迟了，邻家邻村的孩子收走了，就只能拎着空空的篾箕回家。祖父上了年纪，睡得迟醒得早，鸡叫头遍便用脚蹬睡在另一头的我："毛子，鸡都叫了，起去收狗屎！"如果磨磨蹭蹭，祖父便会一抬腿挑了我的被子，于是只好怨怨艾艾地爬起床去。

乡村是相信有鬼的，乡下孩子生得最多的病便是让鬼摸了头，被鬼把魂勾去了，或者是让鬼打了，把魂吓掉了，那便要一家人举块招魂的白布满山满水地喊孩子的名字。招魂都在黄昏时分，夕阳下雾霭里，男声女声，老声童声，一声声撕心裂肺，此起彼伏地飘荡在一派寂寥的村野里，分外瘆人也分外温情。如此叫上一回，大约孩子的魂都会被招回来，只有很少的依然病情不转，那便只好交给郎中了。家里大人一般是不让孩子赶夜路的，那时候鬼也出来满世界游荡。鸡一叫，鬼便躲回去了，孩子出门大人都放得了心。

虽然鬼回去了，狗也出来了，但朦朦胧胧的村野里依然静寂得怕人。说不清怕什么，但心里总是惶惶的，嘎的一声鸟叫，噗的一声鱼跃，总会吓得心惊肉跳。乡下少年早上出门，都会带上自家的狗，一方面是做伴壮胆，另一方面是拾粪带路，自家狗喜欢去的地方，别家狗也喜欢去，那地方狗屎一定多。

拾狗粪是不能邀伴的，再好的玩伴也只能各走各的路。太阳还没有从东边升上来，月亮还没有从西边落下去，鸟兽苏醒了，村庄还睡着，走在沾满露珠的草路上，懵懂地感觉着世界的不可探知：晨雾里的天地那般混沌辽阔，晨光下的露珠那般晶莹微小；树林中的鸟儿那般喧腾飞跃，路边上的小草那般静谧安宁；太阳升上去，为何还要落下来？月亮落下来，为何又要升上去？鸟儿飞回来了，为何又要飞出去？狗子跑出去了，为何还要跑回来？花儿阳光下绽放了，为何露水里还要闭回去？稻子露水里挺直了，为何阳光下又要弯下来……

雪后的清晨，朝阳照耀一望无际的白雪，村庄隐没了，树木隐没了，平原与河汊也隐没了，朝霞的艳红与雪原的洁白，变幻出一个晶莹而辽阔、冷寂而温暖的世界。不必择路，不必避水，满世界任你自由奔跑，一直奔跑到气喘吁吁，大汗淋漓，一直奔跑到没有一丝气力挪动陷在白雪里的双腿，就势往厚厚的积雪上一倒，在雪地上印出一个完整的人形。晨风凛冽，白雪却出奇地温暖，冻僵的双手插进雪里，竟缓缓地暖和自如起来。

水面上结了厚冰，阳光下莹洁得耀眼。拾粪归来的伙伴，不约而同跳到冰上，你推我一把，我推你一把，倒在冰上滑出老远。然后各自爬上来，追着赶着将其他伙伴掀倒。追逼与求饶，谩骂与调笑，那恣意忘情的声浪，恰如一堆熊熊燃烧的生命之火，消融着无垠的皑皑雪原，挑衅着无边的飕飕寒风……

　　在老家的学校，我只待了两年。上学九十点钟去，两三点钟回，放学迟一点，便会扯着嗓子喊："老鸹喊，肚子饿，彭兴海，快放学！"老鸹是乌鸦，彭兴海便是校长兼班主任。

　　和我一同扯着喉咙喊的，还有两个城里孩子。一个姓吴，来自武汉，据说爸爸是个团长。团长有多大，我们弄不清楚，仿佛林副统帅之下，就是他爸爸了。武汉仔是个鼻涕牯，一天到晚鼻涕吊在嘴唇上，用衣袖一抹，满脸皆是。衣袖糊成了一块硬壳。冬天鼻涕糊在脸上，寒风一吹，裂出一道道口子。鼻涕牯好打架，谁叫他鼻涕牯或做个抹鼻涕的样子，便会扑上去推人一掌。鼻涕牯个子小不禁打，三下两下被人摔到了地下，只是他打死不求饶。上山偷柴火，鼻涕牯总会掉在后面好远，同伴也懒得管他，每回鼻涕牯让看山人抓住，都会被放回来。看山人也知道，他爸是团长。

　　另一个也姓龚，来自上海。爸爸是名留苏的水利专家，后来好像当了一个研究所的所长。送他回老家那会儿，极司菲尔路上红色资本家洋楼里长大的母亲，怎么也走不稳乡下坑坑洼洼的泥土路，还没走出半里远，穿高跟鞋的脚便崴了，只好由公公用独轮车推着回家。吱呀吱呀的独轮车上，一边坐着披大波浪头发的儿媳妇，一边坐着留西式分头的小孙子，这公公推儿媳的笑话，让老家人说笑了好多年。独轮车形如公鸡，因而又叫鸡公车，上海仔到学校报名报了什么名字没人知道，村上老老少少都叫他鸡公车，就是彭兴海上课，点名也叫这个名字。鸡公车的偶像是我，只要我弄鱼，脚跟脚，手跟手，寸步不离，不过他到底是不敢上船打鱼。鸡公车拾狗粪起得早，常常他收了满满一笾箕，我才摇摇晃晃地出门。

鼻涕牯和鸡公车待在老家的日子比我长。鼻涕牯的父亲因为林副统帅受了牵连，音信全无了好几年；鸡公车的父母是学术权威，双双下到了苏北的"五七干校"，几年后才重返上海滩。

每个暑期和寒假，老师上午散学，我等不到吃午饭便回了乡下，仿佛一个学期的念想，都是为了等待这返回乡下的一刻。从小学到高中，我的每一个假期都待在老家，在这般那般忙不完的农事中度过。鼻涕牯和鸡公车后来返回了都市，只有我候鸟似的，在小镇与老家、城事与农事之间宿命般地迁来徙往。

长大后，我没再见过鼻涕牯和鸡公车，不知他们如今是否安好？也不知他们回忆起这些少年农事，会是一种怎样的心境？只是我一直觉得，农事便是我的少年课业，是我一辈子做人的底气。不仅是春播秋收的那些技能，更是农民对待生计那种平和而从容的态度，对待土地那种依赖而庄敬的情愫！还有在寒暑易节的代序中，对待大自然那种质朴、敏感而自在的审美感动……

2017 年 5 月 17 日于抱朴庐

○

日子疯长

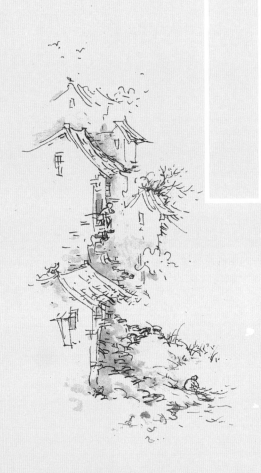

财
先
生

财先生是二叔的儿子，长我两三岁，是我们兄弟辈中的老大。因为我的父亲是家中长子，他便当不了长房长孙。照说在一个非帝非王的农民家庭，这种排序并无实在意义，所谓承继香火，既无王位又无家产，长房二房实在没有多大分别。但财先生一直为这事愤愤不平，觉得自打我出生，他便跌了价，他的母亲二婶也为此耿耿于怀。

或许在祖父祖母的言谈里，长房二房的差别多多少少是有的，这让财先生越发计较家中长辈的态度。每回过年，祖母给孙辈分蚕豆、米糖等年货，财先生总是盯着我手里，看我是否分得更多；祖父发压岁钱，财先生也会将我的一份拿去数了又数。如果祖父发我的是一毛的硬币，他便会拿自己手中十个一分的硬币换过去；

假如发我的是十个一分的硬币，他也会用自己手中一毛的硬币换过来，反正把我手中的换去了，财先生便觉得没吃亏。

二叔本分得磨子压不出一个屁来，一辈子只认老老实实做事，从不和人计较。财先生这斤斤计较的习性，让他很是恼火，常常操根竹棍把财先生打得鬼喊鬼叫。二婶见了心疼，便护在财先生身上。祖父讨厌家中女人护短，但也不好直接骂儿媳妇，便指着二叔一顿臭骂："这么宠儿子，不宠出个孽障来，你们把屎挑到我口里来！"

二婶也不敢当面顶撞公公，便跑到灶屋里给财先生煮两个荷包蛋，以示对抗。财先生觉得有了面子，端着荷包蛋走东家跑西家，半天还舍不得吃掉。兄弟姊妹不喜欢财先生小鼻子小眼，便凑在一起跳房子、玩洋片，懒得搭理他。财先生被冷落在一边没意思，将蛋碗递给这个递给那个，好孬换个入伙玩耍。财先生算术差，玩洋片算不清，不一会儿便把压岁钱输个精光。财先生倒也愿赌服输，没事人似的端个空碗回去。晚上二婶收压岁钱，财先生拿不出，只得撒谎说丢了，于是二婶又给他一顿饱打。二婶心里明白，财先生的钱不是丢了，拉开大门站在禾场上，一边哭一边骂："谁骗了光财的压岁钱，缺德呢！"

光财是财先生的学名。那时候我们不叫他光财，也不叫财先生，而是叫他"财将军"。财将军是祖父给他取的。财先生小时候个子长得高大，长手长脚，又喜欢舞棍弄棒，加上脸上长了几个大疤子，看上去有几分煞气，喜欢看旧戏的祖父觉得他像戏台上的花脸武将，便叫他财将军。我们兄弟中，真正身材魁梧、长得有几分像祖父的只有财将军。祖父儿时给自己取名"王子兵"，其实就是旧戏文里将军一类的角色。祖父叫他财将军，还真是含了几分怜爱，但二婶听着不舒服，觉得祖父是笑话财将军脸上的疤子。一两岁时，财将军脸上长了几个脓疱，二婶折了根柚子刺，将脓疱一个个挑破，用手把脓血硬挤出来，结果疱是没有了，脸上却留下了几个榨菜坨一样的肉疤子。这事二婶嘴上不说，心里却愧疚了一辈子。大抵也就因为这份内疚，二婶对财将军格外宠爱。

财将军不爱读书，上学总要二婶拿根竹棍赶着出门。如果不是家里人直接将他赶进校门，他便一个人背个书包东逛西逛，玩到日落才回家。财将军先我两年发蒙，待我回到村里上小学，校长彭兴海还是将他编到了我这一班。校长的意思是我能帮助他，结果是他把作业本朝我一扔，然后将二婶给他的南瓜子或菜瓜香瓜分我一半，自己却跑出去抓鱼掏鸟。

二叔心里明白，财将军不是块读书的料。二婶心里也明白，却就是心有不甘，怎么也不肯认这个命。二叔想让财将军干脆辍学，老老实实在家干农活，日后种田务农也能养家糊口。二婶死活不同意，混也要财将军混到小学毕业。于是财将军上学便三天打鱼，两天晒网，上学的事二叔不管，务农的事二婶不问，一个小学混了八年，在校的时间加起来不满三个学期。

　　财将军不仅读书上不了路，干农活也搭不上腔调。二叔跟祖父一样，是把种田的好手，不论年景丰歉，收成总比人家好上一两成。财将军只要跟着二叔干，做个有模有样的农民是板上钉钉的。可偏偏财将军不喜欢农事，也看不上二叔的勤劳苦做："一辈子摸泥巴，我才不像你呢！"二婶也在一旁附和："有几个种田能发财的！"

　　财将军也不知道自己该干什么，干什么能发财，只是坚信自己不是种田的命。有回上山放牛，看见一个打猎的，赶着两条猎狗在树林里窜来窜去，瞄准松树上的斑鸠，一铳打下两只来。据说一只能卖两毛五，财将军觉得既好玩又发财，便把牛拴在松树上，跟着猎人满山跑。等到猎人打道回家，他再找到拴牛的山头，牛已饥渴交加，趴在山坡哞哞地呻吟，怎么也赶不起来。最后二叔叫上几个劳力把牛抬回去，总算救了牛的命。

　　还有一回出门砍柴，碰上一个吹羊角号的劁猪佬，他又跟了上去。劁一头猪五毛钱，劁一只鸡五分钱，一天轻轻松松赚两三块钱，既不流汗又不费力，财将军觉得这是个好手艺，磕头便要拜师，劁猪佬却死活不收他："收了你，我还哪有饭吃呢？"财将军骂骂咧咧往回走，正碰上我们从山上砍柴回来，硬是把我们的柴火分了一小捆。二叔看见问他怎么只砍这么一点，他说肚子疼，差点没死在山上。

财先生跟在我后头，拉着孙子也跪下去，爷孙俩恭恭敬敬地磕头。祭祖的鞭炮噼噼啪啪炸起来，震耳欲聋的冲天炮吓得小平的儿子哇哇大哭……

　　我这一辈的兄弟姊妹有十多个，没个固定饭碗一直漂着的，只有财将军。堂妹中有两个嫁了手艺人，一个木匠，一个瓦匠。财将军先跟着瓦匠在工地上混，嫌太阳下挑灰桶太苦太累，便吵着学砌墙。财将军怎么砌也把墙砌不直，有一回墙倒下来，砸伤了财将军自己的腿。后来又跟着木匠妹夫学木工，包工头嫌他屎少屁多，坐在工地里天南地北扯卵淡，自己不做事也就罢了，还东敬一支烟，西敬一支烟，弄得一群人凑在一起东拉西扯。起先包工头让妹夫退了财将军，妹夫拉不下面子，便带着他另寻工地。老板换了一家又一家，财将军依然是财将军，做锯木刨板的活没人看得起，讲赚钱发财经没人搭得上。妹夫白眼看多了，只好硬着头皮退了他："财将军，木匠这手艺太苦，你换个行当发财吧！"财将军也不生气，每人敬一支烟，握个手，说句"做木匠是发不了财"，便头也不回地走出了工地。

　　下乡当知青后，祖父母相继去世，除了奔丧和踏青，我很少回老家，也很少见到财将军。祖父去世时，按祖制该我骑棺，我说："祖父跟你处得多，病中你也照顾得多，你去骑棺吧！"于是财将军很高兴，二婶也很高兴，只有二叔拉着我说："要不得，要不得！"送祖父上山后回老屋场，一路上两个妹夫跟我数落财将军，说他不仅没有照料病中的祖父，自己父亲的农活也没有搭过手，一天到晚去外面结朋友，却没有交到一个真心朋友，好几次都被人骗了。好在除了他这个人，也没什么可骗的。我让他们多带带他，妹夫摇摇头，说了各自带他学手艺的经历。

大学毕业那年，我回老家过年。叔叔婶婶一大家子围在老屋场的火塘边，照祖父在世时的规矩，烧了一大盆树蔸火，火上炖了一大钵肉汤煮白萝卜。如果祖父还在，这便是祖父讲戏的时间。一年到头，祖父很少说话，只有每年的除夕，祖父会一本戏一本戏地讲戏文，大多是些忠孝结义、因果报应的故事。那时我还小，大人们又一年一年听了好多遍，因而大家进进出出放鞭炮抢年货，并不专心听讲。如今祖父不在了，火塘边缺了这个说戏的人，大家都觉得老屋里少了柱子，年节里少了气氛。如果说到家传，祖父一年一度说戏，大约就是他的家传吧。祖父没读多少书，四书五经的典籍他是不懂的，他所受的传统文化教育，大抵也就是儿时在草台班子看到的这些旧戏，而做人要讲信义、做事要靠勤奋，这些人生道理，祖父从戏文中得来，也在戏文中传递。过细想想，在中国的乡土社会中，戏曲才是礼教传承的正途，人生教化的经文……

长辈们沉默着，似乎不约而同地以静默怀念祖父讲戏文的那些除夕，感念祖父离世后我们才逐渐悟得的那些教化。

到底是财将军打破了沉默，向我说起他赶宝的事情。他从口袋里掏出一沓民国时代的花旗银行的银票，蒋委员长签署的委任状。说国民党离开大陆时，白崇禧存了天文数字的珠宝美金在花旗银行，白将这笔巨款的监管权交给了桂林老家的一个老管家。这个管家一直躲在桂林的一个山洞里，已经百把岁了，依然健在。

这个管家只认自己的兄弟，才会启动这笔款项。这个兄弟是当年白崇禧的副官，跟白去了香港、台湾，后来定居美国。现在只要凑足二十万美金，把这个兄弟请回来，兄弟见面就可提取巨款，所有赶宝的人便会视功劳分享这笔财宝。财将军说得很亢奋，火坑里熊熊的火苗照映在他长着疤子的脸上，似乎每一个疤子都在颤抖和扩张。叔辈们听他说得多了，没人吱声，只有二叔轻轻地哼一下鼻子，表示不屑和鄙弃。我问财将军赶了多少钱进去，他说一万多，是和三叔四叔一起收猪鬃赚的。我说你还是收猪鬃吧，你的财运在猪鬃上。三叔和四叔笑了笑，说财先生哪里看得起这个辛苦钱！

这时我才知道，自打赶宝开始，财将军不再叫财将军，已经江湖人称财先生了。

赶宝的结果自然是不用打听的。几年后我再见财先生，他已在和三叔四叔一起收棉花和稻谷了。他没有和我再提赶宝的事，是三叔告诉我，财先生把成婚修房子的钱赶进去了。婚倒是结了，房子却没修起来，至今还是土坯房，屋顶前檐盖瓦，后檐盖的是稻草。财先生请我们到家里吃饭，我看到那只砌了一半的土墙屋，担心日晒雨淋垮塌，便劝他跟着三叔四叔收稻谷棉花，赚点钱把屋修了。财先生端了一杯乡下酿造的谷酒敬我："那能赚得几个钱，在农村发不了财的！"邻座的五叔用肩碰碰我，贴在耳边悄悄说："棉花稻谷也收不成了，财先生在秤杆上做手脚，被人发现了，人家的棉花谷子不卖他了。"

好多年后，有一个陌生的电话找我，平素不熟的电话我是不接的，那天不知怎么就接了，居然是财先生。他说帮儿子小平在武汉开粉馆，生意好，旁边的店子嫉妒，找街上的混混来吵事，双方动手打了架，小平被派出所抓进去了。财先生问我武汉有没有人，把儿子小平弄出来。在武汉我还真没有什么一言九鼎的朋友，但财先生我们兄弟一场，一辈子没求过我，哪怕是在单位做个临时工也没有开过口。再说这事涉及人身自由，我便拐弯抹角找了好些人，才找到了当地派出所。原本小平也是遭人欺侮奋起自卫，派出所便卖了个顺水人情将人放了。

小平出来打电话道谢，顺便也说了说粉馆的生意。老家的牛肉粉远近闻名，只要卫生，生意是做得起来的。再说小平这孩子自小跟着父亲混世界，胆子大，不怕事，又讲义气，正所谓寒门出义士。与财先生比，小平能吃苦，也务实，我觉得他能在城里待下来，或许还能干出点光景。春节前夕，小平又打来电话给我，说他关了粉店，在开发区开了超市，为开车的司机提供副食茶水，兼带做点棋牌室生意，让待货休息的司机混个时间。小平说生意还不错，打算明年再开一家，一家自己打理，一家让财先生管着。我听了由衷为之高兴。财先生一直嫌弃农村，混来混去一辈子，老了终于在城里立住了脚，有了一份靠谱的营生，虽然不一定真能发多大的财，但命运改变的希望却是有的。

今年清明，我回老家踏青，在祖父祖母的坟头，遇上了牵着小平儿子的财先生。财先生花白的头发稀疏蓬乱，背也有些弯，看上去比二叔二婶年轻不了几岁。见我点了点头，平常见面说个不停的他，全然没有说点什么的意思。

我问小平怎么没回来，他说又出事了：有一天，派出所的人在棋牌室打牌，吃了饭起身便走，看店的小妹扯着买单，单是买了，第二天店被抄了，小平也被带走了。我说不是还有一家吗，你回来谁看管？他说本来准备这几天开的，现在不开了，"等到小平出来，回农村算了，乡下人在城里，哪里混得开呀，弄不好人都要搭进去！"

财先生望着西天的夕阳，话说得很平静，听不出愤激、抱怨和计较，只有心灰意冷后的认命。似乎活了六十年，折腾了一辈子，只有今天才悟透自己的生辰八字。

夕阳泻在绿草萋萋的坟茔上，新插的巾幡和花环在晚风中飘动，远处挂青上坟的鞭炮声时起时伏，虽然没有断魂的纷纷春雨，却有一份凄凄的感伤。从祖父到小平的儿子，一晃已是五代人，每代人所处的时局不同，个性和追求也各异，然而他们的命数却相似得令人惊诧和费解！经历了一百年翻天覆地、惊世骇俗变局的中国乡土，与微末如同土地的农民，其改变究竟在何处，在梦想还是在命运？

我点燃香烛，作为长房长子率先在祖父祖母坟前跪下，深深地叩了三个响头，心中重复着一个祈愿："保佑小平平安出来，并在城里待下去！"

财先生跟在我后头，拉着孙子也跪下去，爷孙俩恭恭敬敬地磕头。祭祖的鞭炮噼噼啪啪炸起来，震耳欲聋的冲天炮吓得小平的儿子哇哇大哭。财先生纹丝不动，嘴里念念有词，似乎是诵经，又似乎是喃喃地向祖父祖母祈求什么……

2017 年 5 月 20 日于抱朴庐

日子疯长

李伯与金伯

一

论年纪，李伯和祖父相仿，我该叫他李嗲。学校里老老少少叫他李伯，打小我便跟着李伯李伯地叫，长大了也没改口。学校里没人喊金伯，都喊金瞎子或金眼镜，起初我也跟着喊，父亲听到白了我一眼："没大没小，喊金伯。"从此我便改了口。一个李伯，一个金伯，两人隔了二十来岁。

金伯的眼睛近视得有点瞎，有的说五百度，有的说七百度，反正镜片厚得像块酒瓶底。有一天金伯睡午觉，我偷偷摘了架在他鼻梁上的眼镜。金伯醒来伸着两手东摸西摸，半天没有摸着房门。

那年月近视眼少，我记得，学校里戴眼镜的只有金伯一个。

金伯长得又瘦又高，像根晾衣的竹竿子，长长的马脸上戴了一副近乎黑色的玳瑁眼镜。金伯时常举着一本书，凑在眼镜前边走边读。读得入迷时，不是撞上走廊的廊柱，便是和迎面走来的撞个满怀。一回撞上了胖胖墩墩的谢扒皮，眼镜摔在地上断了一条腿。高高瘦瘦的金伯扯着矮矮胖胖的谢扒皮赔眼镜："民国货呢！看你到哪里去配？"谢扒皮一副满不在乎的样子："民国货？卵国货呢？一个伙夫戴副眼镜装斯文，老子告你私藏民国货！"金伯气得嘴唇发紫，却也不肯示弱："伙夫怎么呢？伙夫也比你强！你要真有狠，校长会收了你的教鞭让你管伙食？！"

金伯真是学校的伙夫，几十名教工的一日三餐，都靠金伯烧菜煮饭；谢扒皮也真是被轰下了讲台，校长只好停了他的课，分派他管伙食。金伯素来看不上没学问的先生，恼火校长派个被学生轰下讲台的人来管伙房；谢扒皮丢了教鞭原本窝火，偏偏他管的这个伙夫还不服管，两人你来我往死命掐，有时一天能掐两三回。谢扒皮上课不行，吵架却在行，主席语录、乡下民谚，加上市井痞话，谢扒皮糅合得水乳交融，骂起人来洪水滔滔。骂到刁钻刻薄处，一张嘴巴能把对手剥下三层皮来。金伯虽然抵挡不住，但真被惹火了，便围裙一扯，锅铲一扔，躺在伙房外的柳荫下读书去。谢扒皮再能骂，这时也急傻了眼，如果学校吃饭铃一敲，饭菜还没有熟，校长只会找他的啰唆。

谢扒皮先是狗脸一取人脸一挂，堆着笑脸给金伯赔不是，将先前骂金伯的话拾回来，一字不落地骂自己。金伯只当没这个人，照旧头也不抬读他的书。谢扒皮转身回到伙房，请坐在灶门口烧火的李伯说句话。李伯捧着旱烟袋，不紧不慢地往铜烟锅里装烟末，将烟锅伸到灶膛里把烟点燃，有一口没一口慢慢悠悠地抽，等到谢扒皮低三下四求到第三遍，便将烟锅在灶台上磕一磕，站起身来走到柳荫下，拿烟锅敲敲金伯跷着的木马腿："吵归吵，饭还是要做的。"金伯便合上手头的书，一声不吭地走回伙房将围裙围上。

二

金伯叫李伯师傅，李伯却从来没有应答。个中是否有故事，学校没人说得清白。

李伯是1949年到的学校，同来的还有刚刚上任的史县长。李伯个子瘦小，看上去一把捏住不见头尾，加上脸上脖子上黑黝黝的，怎么看都不像个授业解惑的先生。县长一眼看透了校长的心事，半是玩笑半是认真地说："上不了讲台还煮不熟饭呵？"

李伯还当真上不了讲台也煮不熟饭。勉强煮了几顿饭，不是夹生便是烧焦了。饭菜虽是没法吃，校长和老师却不好说什么，毕竟，李伯是县长亲自送来的。据说县长当年干地下党，和李伯一起放排行船跑过码头。有两回县长被人认出，都是李伯救的命。还有人说别看李伯又瘦又矮，却有一身好武艺，当年从洪江、浦市放排到汉口，一路码头打过来，没人不识李老四……

没过几天，中午开饭的时间校长走进饭堂，竟是一桌喷香的菜肴，其形其色让人直咽口水，锅里的米饭也不烂不生软硬适度。校长正在纳闷，李伯推了一个戴眼镜的白面书生到眼前。李伯没说一句话，书生没说一句话，校长也没来得及说一句话，老师们已敲着碗筷围着校长，你一言我一语地叫嚷："留下来吧，要得！要得！"金伯就这样当了学校的伙夫。没人问金伯从哪里来，也没人问李伯从哪里把金伯找来。

李伯被称师傅，干的却是徒弟的活：择菜、淘米、挑水、烧火，没一样是师傅该沾手的；金伯自称徒弟，做的却是师傅的事：发馒头、蒸包子、炒青菜、炖鱼肉，没一样是徒弟敢揽上手的。李伯看上去比金伯长了一辈，挑起水来却健步如飞，比起金伯挑水时晃荡晃荡的样子，李伯更像个青皮后生。起先老师们也看不惯，觉得金伯耍滑偷懒，后来看见金伯切菜时的麻利、炒菜时的讲究，便认定师徒俩确实术业各有专攻，徒弟顶不了师傅的缺，师傅也干不了徒弟的活。只是大家心里不解，金伯拜李伯为师，究竟跟他学什么呢？难不成是挑水烧火？

金伯炒的是大锅菜，工艺却比小锅菜还过细考究。金伯做水煮青鱼，先将青鱼去鳞洗净，然后开膛破肚，一把将内脏掏出来，横着两刀剔下脊骨，和血将鱼肉剁成拇指头大小的鱼块，顺势把鱼块往烧开的滚水里一倒，用勺子顺时针方向搅三转，逆时针方向搅三转，立马用漏勺起锅，浸在装了凉水的缸钵里。再将烫过鱼块的热水倒掉，用冷水涮三次锅，将锅上沾的鱼腥味完全洗掉，倒入冷水加火烧，烧到锅里冒出小气泡，放少许海盐、一勺猪油，然后从凉水里捞出鱼块倒进锅里，煮到锅里的鱼汤沸腾，用木瓢连汤带鱼舀出来，装入洗净去腥的缸钵里，先撒姜末、蒜米，再撒葱花。如此做出的青鱼，鱼汤清淡鲜美而不腥，鱼肉嫩滑微甜而不腻，葱姜清香而不掩鱼味。小镇梦溪素称鱼米之乡，做鱼是每家主妇的拿手戏，然而只要喝过金伯煮的青鱼汤，再吃谁做的鱼都没有味。

金伯蒸排骨，先将猪肋骨抽成条，再剁成长约一寸的骨块，每一块都用刀背将骨头敲裂，让骨髓慢慢浸出来。然后放海盐、料酒、芡粉、姜末、蒜粒、腊八豆和红曲腐乳汁，拌匀腌五分钟，装入垫了新鲜荷叶的小饭钵。每钵只放十块排骨，再将荷叶扣拢包严，放入烧开了水的蒸笼，猛火蒸八分钟起锅。蒸出的排骨不仅骨脱肉嫩，汁浓味鲜，还有一股淡淡的荷叶香，冲淡了猪肉的荤腥味。

金伯的菜做得好，也只能听人说好，要是谁对他的菜说长道短指手画脚，他便会把勺一丢刀一拍："你来做看？！"其实金伯做菜用不着提意见，每份菜做出来，他都会装在一个小碗里尝一尝，若是真的失了手，他是不会端出伙房让人指指点点的。

面朝即将下山的夕阳，

金伯一口菜一口酒细酌慢饮。

晚风徐来，柳丝轻拂，晚霞淡下去，

月亮升上来……

面朝即将下山的夕阳，

金伯一口菜一口酒细酌慢饮。

晚风徐来，柳丝轻拂，晚霞淡下去，

月亮升上来……

李伯爱喝一点酒，一日三餐都会抿上几口。李伯喝酒不要菜，端个酒碗抿几口，袖子把嘴巴一抹，就算喝了一顿酒。金伯看不下去，给他开小灶炒两三个菜奉上，他也懒得动筷子："喝酒就是喝酒，吃菜就没了酒味！"

金伯也喝一点酒，通常只在干完一天活后的傍晚。喝酒时金伯是不吃大锅菜的，他得用小锅给自己炒上四个菜，多是一碟油爆花生或水发黄豆，一碗时令小菜，一条煎得又酥又香的鲫鱼，三四块蒸得不肥不腻的风吹肉。春天出鳝鱼时也会换上干煸带骨黄鳝，秋天吃鸭子的季节则会换上酸萝卜炒鸭杂。碗碟都很小，一张方凳便摆得下。金伯把方凳摆在伙房外面的柳树下，坐在一张矮矮的小板凳上，面朝即将下山的夕阳，一口菜一口酒细酌慢饮。晚风徐来，柳丝轻拂，晚霞淡下去，月亮升上来，金伯似乎全然没有理会天色的变化，沉浸在酒与菜的味道里，直到微微的醉意上来，才折回房间倒头睡下……

三

学校改为初中的第三个年头，"文革"开始了。学校停了课，老师靠了边站，伙房却一日三餐日子如旧。有时候红卫兵革命晚了，也会来敲伙房的门。住在伙房旁边的金伯装作没听到，李伯却爬起来打开伙房门，再把金伯叫起来。

李伯传说中原本根正苗红，加上对红卫兵的革命行动积极支持，造反派便对他既尊敬又亲热。一天晚上吃夜宵，造反派头头说："请李伯给我们忆苦思甜吧。"大家一片欢呼。李伯连说："搞不得搞不得，我只会烧火！"红卫兵连夜筹备忆苦思甜大会，次日上午便又拉又扯将李伯弄上了台。李伯睁眼一看，台下整整齐齐坐了好几百人，哪里敢开口说话，两条脚筛糠似的哆嗦。李伯越不开口，台下的口号声越高："不忘阶级苦，牢记血泪仇！"主持会议的红卫兵头头引导说："大家看，就是万恶的旧社会没让贫下中农读书，李伯才上了台也不知怎么说话！"李伯经红卫兵一启发，果真开口说话了："我小时候饭都没的吃，还哪里有钱读书呢？人家背着书包去读书，我站在田埂上帮人放牛。麻阳那个卵地方冬天冷得死，冻得脸上手上都裂口，卵子都冻成了一坨冰。"台下又一阵此起彼伏的口号。

"十一岁我跟人到沅江放排，那哪是人搞的事，一天到晚泡在江里，一慌神就掉进江水喂王八去了。和我一起上排的，有三四个滚到江里就没爬起来……"台下竟有好多人哭泣起来，口号声一停，满场哭声一片。李伯似乎受了鼓舞，提高嗓门往下说："最苦的还是狗禽的1959年、1960年，和我一起上排没淹死的五个兄弟，都在那两年饿死了！我要不是搭帮史县长来了学校，也一样会饿死呵！再说我也过得苦呵，我又没老婆，往常憋急了还能往窑子跑，如今憋急了往哪里跑呀？死挨活挨呵……"

李伯忽然感到会场鸦雀无声，冰雪封冻了一般。然后突然爆发出一片怒吼："打倒反革命分子李老四！"几个红卫兵冲上台来，拿着绳子就要绑。

"我要诉苦！我苦大仇深呵！"大家一看是金伯，边喊边跑，几步冲到台上，没等红卫兵回过神来，金伯已经一把鼻涕一把眼泪地忆苦思甜了。金伯说自己从小在长江边长大，父亲是码头工人，因为吃不饱饭，扛货上码头爬不上去，脚下一滑从码头上滚下来，被货包压死了。母亲又悲又饿，没多久也死了，自己成了孤儿。白天在江边捡水上漂的死鸡死鸭、烂菜叶子，晚上睡在岸上扣着的烂船底下。有一天货主说丢了几包大米，硬说是金伯偷了，竟被货主砍了两三刀。说着金伯脱下衬衣，背上竟真有三条长长的刀疤。一时间会场"打倒万恶旧社会"的口号如暴风袭来，红卫兵拥上舞台，将金伯高高举起，洪流般涌上小镇的街头。金伯光着上身，神情悲戚的面孔和骨瘦如柴的躯干，被托举在沸腾的人流中，倒真像一尊受难的神像。

红卫兵决定让金伯巡回忆苦思甜，让李伯接替金伯做饭菜。李伯做的饭照旧没法吃，金伯又天天吵着回伙房。日子一久，大家觉得饭吃不好影响革命，便让金伯返回了伙房。

四

　　这种李伯烧火、金伯炒菜的安宁日子，几个月后被一群外乡来的红卫兵打破了。差不多是开午饭的时候，七八个操湖北口音、挂红袖标的年轻人堵住谢扒皮，说是来抓历史反革命钱之谦的。谢扒皮先是一愣，之后胡乱一指，转身走开了。外乡人冲进伙房，一把按住金伯，掏出绳子便捆。李伯似乎也不惊讶，一声不响地从灶门口站起来，走出伙房便喊："湖北红卫兵来抢金眼镜了！湖北红卫兵来抢金眼镜了！""文革"中常有外地红卫兵抢人的事，学生们听见李伯一喊，便冲出教室和会堂往伙房跑，上百人围住正准备押走金伯的外乡人。领头的外乡人拿出一张盖有红色大印的文件挥舞，说他们抓的是历史反革命钱之谦。学生们听说金伯是历史反革命，而且不叫金老五叫钱之谦，一下哑住了，谁也没想到苦大仇深的金伯竟然是隐藏在身边的历史反革命！"是历史反革命也该我们自己揪斗！"李伯高喊一声。一语点醒梦中人，学生们又呐喊骚动起来，团团围住外乡人推推搡搡。伙房原本空间小，地上又油渍渍的，有的人被推到案板上，一把按在菜刀上鲜血直流，有的人滑倒在地下被人踩得喊救命。看见流血的喊杀人了，听见救命的呼踩死人了。伙房里想挤出去的出不去，伙房外要冲进来的进不来，上百人挤在伙房里两三个小时，汗流干了，力用尽了，肚子饿得肚皮贴了脊梁。"金眼镜跑了！"又听了李伯一声喊，大家这才注意到金伯真的不见了。

本地人和外乡人追出校门，连金伯的影子都没见到。回到伙房找李伯，李伯坐在伙房外的柳树下一个人喝酒。问他金伯从哪里逃跑的，李伯指了指学校的后门，头也没抬一下。

外乡人和本地人在战斗中结成了联盟，镇上、乡下和县城到处找，找了十多天连金伯的毛都没找到一根。本地红卫兵建议把李伯抓了，外乡人说抓不得，李伯苦大仇深，十九岁就入了地下党，而且一点历史问题都没有，是真正的老革命。本地红卫兵中也有人说："报告金眼镜逃跑的是李伯，你什么理由抓人家？"虽然金眼镜算条反革命的大鱼，找去找来找不到，也就只好作罢。

先是外乡人散了，说是还有别的革命要闹，接着本地红卫兵面临了吃饭的实际问题。李伯愿意烧饭，可烧的饭不能吃。有人建议老师轮流做，轮了一个月轮不下去。吃惯了金伯做的饭菜，嘴都吃刁了，谁做都不可口。只要一坐在饭堂里，师生便不约而同地怀念起金伯来，有人说只要金眼镜回来好好做饭，什么啰唆都不找他；有人说都是狗禽的湖北人，还不知道他们说的是真是假；也有人说怪就怪谢扒皮，要是他不出卖金眼镜，金眼镜就不会被逼逃跑……谢扒皮原本出身富农，管伙食又常往家里提菜油和木耳、干笋之类，被学生老师看见过。有人提议革了谢扒皮的命，红卫兵竟一致通过。绑谢扒皮批斗时，台下有人喊："绑紧点，就是他出卖的金眼镜！"

李伯的竹篙舞得针插不过水泼不进，

斧头砍过去便像砍在石墙上弹了回来，

没等九江佬拾起斧头再砍，

李伯横篙一扫，五六个人悉数落进了江里。

五

"金眼镜家里真是沙市的大资本家,金眼镜当年真是一个花花公子。"这话是父亲逃跑回来后,李伯跟他一起喝酒时说的。父亲从湖北回来时,学校已复课,革命虽还在闹,烈度已大不如前。谢扒皮被打倒了,学校便让父亲来管伙食。李伯给父亲建议从乡下请个人来做饭,推荐了附近生产队的陈瑛。陈瑛三十来岁,老公在部队,过去常在学校收潲水。父亲和队里商量,队上管事的是父亲教过的学生,自然是爽快答应。陈瑛果然做得一手好饭菜,虽不能和金伯比,在乡下绝对是一等一的好茶饭。

李伯已到了退休的年龄,但那时没人管这些事,加上李伯孤身一人,退了休也是住在学校,退与不退没什么区别。李伯依然每天择菜、淘米、烧火、喝酒,只是过去喝酒他一个人抿,如今喜欢叫上我父亲。或许是金伯不在,或许是人真的老了,李伯喝了酒便有些感伤,惯常不爱说话的他,话也多了起来。李伯说自己原本不姓李,姓麻,叫麻老三,家在麻阳的老山里,是个只有几户人家的苗家寨子。从小跟寨子上一个跑码头的人拜师习武,十一岁便跟师傅上了木排。十九岁那年,一个月黑风高的夜晚,泊在麻溪铺的木排上来了几个陌生人,其中一个便是后来的史县长。来人说些什么党啊团的李伯听不懂,只是到了最后那为头的问师傅:"麻老三算一个不?"师傅点了点头。那人说改个名字吧,就叫李老四。从此世上没了麻老三，多了李老四。没几年师傅落滩被漩涡卷走了，李伯便接了师傅的班底放排下沅水，过洞庭，一年四季水上漂。该打码头打码头，该喝烧酒喝烧酒，该找相好找相好，并不掺和史县长他们的事。有一回木排泊在常德下南门码头，史县长慌慌忙忙跑上排来说有人追他。李伯递给他一根尺把长的竹管子，让他靠着木排潜进江里。随后果然追来一群带枪的，上排东翻西找，又朝木排下的江水打了几枪，悻悻地走了。史县长并没藏在木排下，衔了李伯给的竹管子，潜水到下游上了岸。同样的情况在岳阳还发生过一回。

李伯认识金伯，是在沙市的大码头。一条九江上来的大船想靠岸，嫌李伯的木排占了码头，五六个船牯佬跳到木排上，抡起斧头便砍捆绑木排的竹缆。江上的木排都是用竹缆将原木一根根捆绑起来的，砍了竹缆，木排便会散成一根根原木。"天上九头鸟，地上湖北佬。三个湖北佬，抵不上一个九江佬。"江上河上讨饭吃的，都知道九江佬剽悍骁勇，既然打上了木排，一场恶战便在所难免。李伯持一根丈二竹篙，舞成一团闪闪的光影，看不见竹篙的挥舞，只听见呼呼的风声。九江佬久历江湖，一看便知道遇到了高手，没有一个人敢扑上去近身搏击，只将手中的斧头狠狠地砸向李伯。李伯的竹篙舞得针插不过水泼不进，斧头砍过去便像砍在石墙上弹了回来，没等九江佬拾起斧头再砍，李伯横篙一扫，五六个人悉数落进了江里。李伯再将竹篙往木排上轻轻一点，一个鹞子翻身，稳稳地落在九江佬的木船上，篙头顶在船老板的咽喉。对方两腿一跪，双手一拱，并说望江楼上摆酒，向老大赔罪。

金伯那时叫钱之谦，正好在自家开在码头边的望江楼上，站在窗口目睹了九江船牯佬和麻阳排客的械斗。待到船老板和李伯一行在望江楼上落座，金伯对着李伯纳头便拜，三叩大礼行过，连称师傅师傅。李伯似乎见惯了这种场合，淡定地说："我自己没出师，师傅便落滩死了，我哪有资格收徒弟呢？"金伯也不管李伯答不答应，每天脚跟脚手跟手，李伯上岸他上岸，李伯下排他下排，人前人后师傅不改口。钱家在江边不仅开有望江楼，还有旅馆、烟馆、妓院和大片的仓库。金伯是钱家的独子，其父本欲送他留洋，金伯硬是不从，读完中学便跟着望江楼的大师傅混，迷上了掌勺烧菜。起先父亲绑着他打过几回，但一放出来又上了望江楼。父亲再气也不能将儿子打死，只得由了金伯。后来见金伯手艺果真是好，索性交了望江楼给他。

不管金伯怎么敬，怎么喊，李伯反正不答应，也不教他武艺。日子一久，金伯也不再提习武这桩事，只是缠着李伯白天上酒楼，夜里下妓院，李伯放排下汉口，金伯也跟着吃睡在木排上。这不师不徒，不兄不弟，形影相随的两个人，混在沿江各码头，倒也自得其乐。

六

　　金伯后来闯了祸。金伯喜欢上了中学里一个上海转学来的女生，恰好地面上青帮的老大也在托人说媒，想收作四房。女中学生当然喜欢有家世又年轻的钱家公子，便回绝了老大那边，每天和金伯双进双出。老大那边放出狠话来，要把金伯砍了喂鱼。金伯自幼在码头上混，不是一两句狠话吓得住的。再说钱家在长江边上也不是等闲人家，红黑两道，军政两界，谁又不给钱家少爷几分面子？李伯倒是劝金伯："女人哪里没有，妓院里要么得样子有么得样子的，何必为个女学生去惹事？"金伯只识李伯不懂爱情，照样每天和女生黏在一起。一天夜里，金伯和女生从望江楼出门，被十几个青皮后生围住，一顿拳打刀砍，李伯赶来时，金伯已手上臂上挨了几刀，背上砍出三道三四寸长的口子，鲜血流了一街。李伯将金伯从人群中抢出来，连夜扎了木排，让排客们轮流抬着金伯，走旱路到了茅草街，然后买了一条木船，逆水而上回了麻阳。金伯惦记女生，嚷着要回沙市，李伯吩咐手下日夜守着。后来听说女人还是做了老大的四房，金伯大哭一场，捏着玳瑁眼镜久久发呆。

　　不久听说解放军进城，青帮老大被抓来毙了，金伯和李伯便放了架木排回沙市。排到常德，听说金伯的父亲也被镇压了，江边的产业一例被充公，家中老少坐牢的坐牢，逃命的逃命，据说部队还在四处打探金伯的下落。李伯待金伯哭干了眼泪，递了一碗烧酒给金伯："换个姓名吧，就叫金老五，先跟我在排上混着……"

<h2 style="text-align:center">七</h2>

父亲问李伯，为何不教金伯武艺，李伯抿了一口酒，又长长地叹了一口气："武艺有什么用？我师傅武艺那么好，还不是被漩涡卷走了。人的本事再大，干不过洪水呢！就是我当年教了金眼镜武艺，碰上今天的洪水漩涡，他还是只能躲，不躲还不是要卷进去。那天红卫兵捉你，我不让你跑，不知道要遭多大的罪！人生在世，识水性比会武艺有用，打得赢不如绕得过！人打得过人，打不过时局打不过洪水漩涡呢！"父亲那次逃走，的确是李伯打开后门推他上的路。父亲又问李伯忆苦思甜时为何乱说一气，李伯把碗里剩下的酒一口喝了："我不乱说，莫不成天天去忆苦呵？史县长让我当干部我都没当，发癫了去当个红卫兵？哪天又会倒回来呢！"

史县长平反复出后，又来学校看了李伯。县长没让车子进学校，自己提了两瓶酒到伙房。两人在伙房外的柳树下，就着一碟花生喝了一瓶酒。临行把校长找来说："李伯和金眼镜都是对革命有功的人，学校要善待他们。"学校老师怎么也弄不明白，潜逃在外的历史反革命金眼镜，怎么又成了当年的老革命？

金伯回来时，除了黑一些，并无其他变化。鼻梁上还是架着那副玳瑁眼镜，只是右边的那条镜腿用铜皮包着，看上去左右不太协调。金伯回来便进了伙房，接了陈瑛的勺子炒菜，陈瑛便接了李伯淘米择菜、烧火挑水的班。李伯算是正式退休了，每天驼着背在校园里走几转，然后叫上我父亲，在柳荫下抿几口酒。

好不容易安静下来的伙房，三年后又热闹了一回。也是要开中饭的时候，金伯和陈瑛在案板边分菜，一个穿了旧军装的中年男人带来七八个后生，手上拿着扁担和镰刀，气势汹汹冲进伙房。父亲拦住他们："要干什么？！"穿军装的说："金瞎子搞了我老婆，老子今天打死他！"旁边的后生也怒气冲冲："他敢破坏军婚，打死他！"说着举起扁担朝金伯头上劈下去。就在扁担要劈在金伯头上的一瞬，李伯不知从哪里钻出来，用旱烟杆挡住扁担，往后轻轻一拨，打人的后生便摔到了地上。后生们挥刀舞棒一哄而上，李伯左腿往下一蹲，右腿就势一扫，后生们纷纷倒地。

李伯用烟杆点了一下穿军装汉子的右耳穴，疼得他一张脸涨成猪肝色。"你是军婚？你都退伍几年了还是什么军婚？你在家老婆都偷人，你自己卵没用吧？"李伯平常不说话，更不说痞话，这回竟疯话连篇："你卵没用你老婆还不偷人啊？不偷人守活寡？她等你那么多年守活寡，你回来啦不中用，还要她守呵？我要是你，就把卵割下来喂狗算了！"穿军装的痛得直哼哼，根本无法还口，后生们倒在地上，半天才爬起来，谁也不敢再出手。李伯从口袋里掏出三百块钱，扔给穿军装的人，"赔你三百块钱，这事扯平了！"穿军装的捡了钱，转头便走了，之后再没来过学校。

穿军装的那个人，是陈瑛的老公。

九

李伯是老死的。

头天晚上，李伯还和我父亲在柳树下喝酒，说中午见我到饭堂打饭，都长成大人了，是不是大学毕业了？父亲告诉李伯，是大学毕业了，分到大学教书，报了到前两天才回来的。李伯抿了一口酒，透过摇曳的柳条望着满天红彤彤的火烧云，自言自语地说："快呵！人真快呵！真快……"第二天开完早饭，金伯见李伯没来吃饭，便去房间看。李伯仍旧躺在床上，脸色安详得像是睡熟了，只是一摸没了气息。

李伯的追悼会开得隆重，棺木摆在学校的大礼堂中央，师生都前去吊唁默哀。退了休的史县长赶来送了花圈，一遍又一遍念着父亲撰写的挽联："一个人来一个人去一身武功付江流，一半为徒一半为师一腔仁义屹山岳"。金伯从发现李伯死了便跪在床边哭，两天两夜粒米未沾。陈瑛把饭菜端到手上，金伯一掌便打掉了。发丧起棺的那一刻，抱着李伯遗像的金伯发疯似的扑上去，一头撞在棺木上，玳瑁镜架撞断了，碎了的镜片划破额头，鲜血顺着鼻梁往下流，一滴一滴滴在李伯的遗像上……

葬完李伯，金伯便办了退休手续。学校本想挽留，金伯一直摇头。离校时，金伯只背了当年来校时的一个包袱，里面包了他常读的几本书、李伯平常喝酒的酒碗和旱烟杆，还有那副撞碎了的玳瑁眼镜。

只有父亲知道，那副眼镜是当年女中学生送给金伯的。

没有人知道金伯去了哪里。有人说金伯回了沙市，说沙市政府退还了部分钱家的产业，金伯回去继承家业了；有人说金伯去了李伯麻阳的老家，因为金伯两次躲难都住在那个偏远的寨子里。猜测归猜测，反正没人在哪里见过金伯。一年清明，父亲邀我一起去给李伯上坟，坟上已有人挂了花环，坟前也供了香烛和水果。父亲告诉我："每年清明我来挂青，都有一个人已经上过坟，我老在想，这人应该就是金眼镜……"

2017 年 6 月 3 日于抱朴庐

日子疯长

祖父的梨树

○

　　老屋门前的堰塘边，长着一棵老梨树。村上人说，方圆几里的树木，就数那棵高大。

　　建完老屋的那年冬天，祖父房前屋后地种果树，桃子李子柑子柚子枣子梨子，凡能找到的果木，见缝插针地种在新辟的屋场上。最后多出一棵梨树苗，祖父种在了门前塘边的堰坎上。那一天，国军和日军还在不远处的山岗上交火，一颗炮弹呼啸而来，落在门前的水塘里，炸起几丈高的水柱。祖父没来得及给种下的梨树浇水，扔下锄头便往山里跑。

　　在那国家残破、生灵涂炭的年月，多数人都弃产舍家仓皇逃命，只有祖父还在这生死难卜的时刻起房子、种果树，全然不理会逼到身边的灾难。是愚钝，还是坚毅？是短视，还是远见？祖父丝毫没有怀疑日子还将过下去。国虽不国，家仍将家！祖父确信房子还将立起来，果木还得种下去……

次年春天，屋场上的果木全都长出了新叶，只有塘边的梨树依然是光光的枝条。祖父以为梨树早就枯死了，不料秋天却爆出了几粒嫩芽。万木落叶的初冬，梨树却在寒风里绿叶婆娑。梨树反季发叶，依俗不是吉兆，邻居劝说祖父把梨树挖掉。祖父走到树边，高高举起锄头，到底没有舍得挖下去。

或许因为种在堰塘边，水足土肥，梨树长得格外茂盛。我第一次回老家，远远地父亲便指着一棵高高的大树，告诉我走到那棵树下，便到了老屋。

那是我平生见过的最高大的果树。

梨树的树干，高约四丈，粗约两人合抱，枝杈刚劲舒展，树冠遮了大半亩水塘。早春嫩叶初开，日光下如一袭舒卷在天际的绿纱；盛夏枝叶葱茏，月影里如一座站立于水滨的翡翠宝塔；秋日枝叶落尽，褐黑的枝杈挂满谷黄的果子，艳阳斜照，丰硕与肃杀浑然相生，如一轴巨幅的秋意图铺展于田野之上。相比旧时文人画家笔下的石榴与柿子，石榴太艳，柿子太孤，且只宜一枝一杈地入画，无论尺幅大小，其意皆止于小品。塘边的梨树，兼得遒劲与丰润，既疏疏落落又雍雍容容，其境其意，藏得下整个秋天。

梨熟的时分，正好是晚稻收割的季节。田野里割稻板禾渴了的农人，难免会望着高高的梨树打主意。先是抱着粗壮的树干往上爬，树干太粗抱不住，爬不到两人高便滑下来。接着便抓住镰刀往树上砸，砸下的梨子落在塘里，立马便沉到了水底，纵身跳进水里去摸，半晌也摸不上几个来，大多烂在了塘泥里。这事若让祖父撞上，他便会拿了岸上的衣裤，包块石头扔在哪户人家的屋顶上，让偷梨的人不到天黑上不了岸，稍有廉耻的人，再渴下次也不敢偷梨子了。

每当水果成熟，祖父也会东家一篮西家一篓地送邻里。初夏黄得透亮的麦李，盛夏红得裂口的桃子，还有深秋红的柑子黄的柚子，祖父都舍得送人，唯独塘边树上的梨子，祖父舍不得送邻里。每到收割晚稻的农假，祖父便指派我看守梨树，一是不让天上的鸟群啄食，二是不准地上的邻里偷摘。

家里人猜测祖父看重梨子的理由：二叔说老家一带的梨子多是青皮早熟的品种，黄皮晚熟的只有这一棵树，梨子挑到镇上格外好卖；三叔说这梨子汁甜肉脆，吃在嘴里落口消融；四叔说这梨树是老屋场的风水，祖父不愿让邻里沾了自家的福气……不管家人怎么猜想，祖父始终板着脸不透一个字。

祖父过世后，父亲告诉我：土改那年分土地，二流子出身的贫协主席分去了祖父一大半田土，之后还想将塘边的梨树充公。主席挎了篮子上树摘梨子，被祖父一竹篙打到了水塘里。第二天主席带了好些人来锯梨树，说堰塘是公家的，梨树当然也是公家的，他是贫协主席，想锯就能锯。祖父操起一柄铁锹站在梨树下，到底没人敢上前锯树。

祖父身高一米八一，两三百斤的石碾搂起来，能绕禾场几个圈。儿时放牛打架，祖父便是孩子王。主席从小混在村里，不仅了解祖父打架的厉害，而且记得当年保长派壮丁，祖父提把杀猪刀见保长的掌故。知道如果逼急了，祖父啥事都能干出来。好汉不吃眼前亏，主席带着人悻悻地走了。

"四清"那一年，改任了生产队长的主席带着工作队的人，将祖父揪到队棚里，吊在屋梁上让祖父交代当国军的历史问题。祖父吊在梁上，俯视着站在地上的队长，嘴里不停地咒骂："你个二流子，梨树是老子种的，差点被日本人炸死。你敢动梨树一块树皮，老子下来就砍死你！除非你把老子在梁上吊死……"祖父没说一句当国军的事，到底没人敢把他吊死。队长恨得差点咬崩了牙，也没敢动梨树一块皮。

小学毕业那年，祖父摘了梨子，一个一个挑选，第二天挑了满满一担到镇上去卖。祖父在街口放下担子，蹲在街边等客人。街上的行人原本不多，间或的三两个匆匆走过，难得驻足看看梨子。偶尔有逛街的老太太问起，祖父羞赧地不知该怎么招呼，只是不停地说："一毛五一斤，可以尝，不讲价。"

下午来了两个干部模样的女人，蹲在担子旁尝了三四个梨子，然后说味道不好，一毛一斤才买。祖父一听"味道不好"四个字，脸便拉了下来："味道不好你不买，我也不卖！二毛钱一斤我也不卖！"我扯扯祖父的衣袖："人家就是那么说说，是在和您还价呢。""不还价，一分钱价也不还！"祖父像在回答我，又像抢白尝梨子的女人。胖点的女人说做买卖哪有不还价的，瘦点的女人说味道真的不好呢！两个女人一边吃梨子，一边阴一句阳一句。我看到祖父的脸色由白变红，最后涨成了猪肝色："不好吃你还讲什么？一块钱一斤也不卖你们！"说着操起扁担，一副再说就要动手的样子。两个女人见状不妙，忙说："不讲价了！一个人买十斤吧！"祖父说："不讲价也不卖你们！"正好一队放学的小学生从街上走过，祖父大声招呼："学生伢过来吃梨子，不要钱，一分钱也不要！"学生起初一愣，接着便一哄而上，每个人把书包装得鼓囊囊的，两只箩筐里一个不剩了。两个女人疑惑地望着祖父："有病呵？有钱不卖白送人！"祖父两眼一瞪："你们才有病呢！这么好的梨子自己都舍不得吃，你们说味道不好，糟践人呵！味道不好我能挑来满街卖呵？你们糟践我可以，不能糟践我的梨子！"

我没见过祖父那么能说，一次能说那么多话。直到两个女人走远，祖父还在气呼呼地向围观的人群辩白。

那时节农民没有弄钱的门道，日常买煤油看医生的钱，全靠屋前屋后的水果、鸡屁股里抠出的几个蛋换。一担梨子挑到镇上没换回几毛钱，平素祖父会心疼得要死，这次却一点悔意都没有，仿佛意外地卖了个好价钱。回到老屋场，祖母也没责怪祖父，只是后来卖水果蔬菜的事，都交给了五叔。

微风拂动嫩叶和花朵，

阳光从绿叶间洒下来，花瓣从枝头上飘下来，

无声地落在祖父的头上身上。

祖父轻轻叹了口气："今年的梨子我怕是吃不到了!"

那年县里修浕水水渠，村上住满了外乡来的民工。老屋场上住了十多个年轻人，白天在工地上干完活，晚上窝在老屋里，吵吵闹闹地打扑克赌钱。先是五叔跑去看热闹，后来我也凑过去看得津津有味。有一回，我看得正入迷，身上突然挨了重重的两棍，回来一看是祖父。同样挨了打的五叔觉得委屈，说我们又没有玩，看看也不行呵？祖父呵斥道："看看都不行！你若不想赌博，天天看什么？"

祖父和民工们商量："如果要赌博，你们到别家去，我家孙子还小，别让他学坏了坯子。"民工们觉得祖父迂腐，开玩笑说："你家那么多梨子，摘点梨子给我们，我们就不在你家玩扑克。"祖父真的给民工搬了一箩筐梨子来。民工吃完梨，早忘了对祖父的承诺，照旧每晚吆喝喧天地打牌。祖父一声不吭，将民工的被褥抱到禾场上，堆上茅草一把火烧了。这皮扯得很大，官司打到了工程指挥部。指挥长是位刚从牛棚出来的南下干部，听说民工晚上打牌赌博，接连说了三个"烧得好"。指挥长吩咐手下领了几床新棉被给民工，然后悄悄地对祖父说："再送他们一篮梨子吧，冤家宜解不宜结。"

浕水通水不久，队长一病不起，胸闷，隐痛，整夜整夜地咳嗽。镇上县里的医院也看过，打针吃药都没见效果，人一天天消瘦下去，眼睛陷成了两个黑洞。病急乱投医，队长访到了外县一位八九十岁的乡下郎中。老人家本已封脉谢客，看到抬到门口的队长已病得不成人形，便动了恻隐之心，从重外孙的作业本上撕下一张纸，开了个方子给病人。老人说多数药药铺里都抓得到，只有老枇杷树叶和老梨子树果得自己去找，最好树龄都在三十年左右。果树寿命都不长，要找三十年树龄的叶和果不容易。枇杷树叶倒是在山里一户人家的牛栏边找到了，梨子找来访去一直没找到。有人建议向祖父开口，只有堰坎上那棵梨树的果子符合郎中的要求。队长远远近近托了好些人找祖父说情，没一个人敢应承这件事。村里的人都知道，队长不仅吊打过祖父，而且弄大了三婶的肚子。祖父没以破坏军婚罪把队长送进牢里去，已经是宽宏大量网开一面了，怎么会拿梨子给队长配药救命呢？队长想不出别的办法，打算自己爬到老屋场上去，跪下来向祖父求梨子。队长的母亲见状，连连骂儿子造孽："如果不是自己坏事干尽，怎么会得这等怪病？！你这人不人鬼不鬼的样子，还有脸去见龚家人？！"

　　队长的母亲提了两只母鸡，颤颤巍巍地走到老屋场，见了祖父便要下跪："论劣迹，我那儿子早该死了，死了村里才清净。可我是他娘，不能见死不救呵！我舍下这张老脸，求明德你大人不计小人过，救他一命吧！虽然这药不一定治得了他，可做娘的我要尽个心呵！谁也不想白发人送黑发人……"明德是祖父的名字，祖父慌忙拉住老人，没让老人跪下去，然后搬了架梯子，搭上梨树摘了满满一篓梨子，让五叔帮老人送回去。母鸡祖父生死没收，生拉硬扯让老太太提回去了。

郎中的偏方似乎有些效果，慢慢地队长的咳嗽缓解了许多。拖了五六年，队长才拖断最后一口气。其间队长的老母归了西天，到底没让白发人送黑发人。

自打那年送了队长梨子，祖父每年摘下梨子，都会给队上的邻里送些去，虽然只是小小的一篮，每家都很看重这份心意。

我考大学的那一年，祖父病在床上好几个月。床边守护的叔叔婶婶告诉我，秋天祖父每天问："毛子的通知书来了没？"春天祖父每天问："塘边的梨树开花没？"

塘边的梨树终于绽开了，柔软的阳光照耀着嫩绿的树叶，柔和的春风轻拂着细碎的花朵。三叔和四叔将祖父扶到梨树下，祖父抬头久久地望着梨树阔大的树冠。祖父看到稠密的嫩叶下簇拥的白色小花，看到洁白的花蕊上忙碌的蜜蜂。微风拂动嫩叶和花朵，阳光从绿叶间洒下来，花瓣从枝头上飘下来，无声地落在祖父的头上身上。祖父轻轻叹了口气："今年的梨子我怕是吃不到了！"

祖父真的没有吃上秋天的梨子。看过梨花没几天，祖父便在老屋场上静静地去世了。祖父的样子很安宁，嘴角似乎还挂着一丝笑意。

说来也奇怪，祖父去世那年的老梨树，梨子结得又多又大，枝条被压得弯弯的，似乎随时都会把树枝压断。次年梨树便没再开花，再次年梨树便没再发芽。村上人说梨树是跟着祖父走了，四叔却说这梨树有灵性，指不定哪天又爆出一树新芽来。

一个暮春的晌午，雨下得瓢泼一般。起先是一道惨白的闪电撕裂天空，然后是一个惊心的炸雷击倒梨树，接着是梨树巨大的树干轰然砸在堰塘里，激起的水柱有三四层楼高……

四叔说，那天正好是祖父去世三年的忌日。

2017 年 9 月 3 日于抱朴庐

日子疯长

山
上

当年我下乡的地方，叫樊家铺，在湘西北入鄂西南的国道边，是一个极小巧的地方。小巧到不成一个镇，不成一条街，只有靠山脚排着的三家铺子：一家供销社，一家肉食铺，还有一家粮站。

粮站往左拐，是一条机耕道的土坡。坡长且陡，两三里路径直往上，人行车爬，上坡下坡都松不得一口气。越过坡顶，是一道深峪。峪中有一溪清流，满畈稻禾蔓延至山脚。溪流拐弯的远处，掩映着几幢草屋和瓦房。过峪又是一道土坡，更长更陡。如此翻上翻下三四回，爬上最高一道坡顶，看见一块被推平的山头，其上建着一排红砖青瓦的房子，那便是知青场，我们要去的山上。

我下乡的时节，正当暮春梅雨季。细细末末的春雨，雾似的飞在若有若无的微风里，徐徐缓缓，无休无止。看上去只是一层朦胧的薄纱，手在空中一抓，却能捏出一把水来。站在敞篷的拖拉机上，没有雨点扑面，脸上身上却雨水成流。梅雨梅雨，既阴了天地也阴了心情，既霉了阳光也霉了日子……

就在拖拉机爬上山顶的一瞬，一派晃眼的阳光照射下来，将蒙蒙的雨雾压在了山腰。阳光来得意外而且强蛮，来不及适应这光与阴的骤变，我便彻底地浴在了敞亮明净的光线里。晚霞堆在深远深远的天边，如火如荼地燃烧。几束金色的光焰，从燃得赤红的晚霞堆里射出来，照在层层叠叠的山峦上，辉映出一条条柔和而灵动的山脊线。一道彩虹，横跨在如海的苍山之上，恰如写意大师随性而豪放的一笔，没有来由，却又恰到好处：远处晚霞胜火，近边青山如黛，其间七彩成虹。这景致就那么久久地凝固在天边，几乎止息了声息，止息了生灵……

那年，我十七岁。

赵鼓子

上山第二天，场长牵来一头水牛，将牛绳递到我手上。说山上知青一百多人，数来算去，就我年龄最小。那时我也长得精瘦，看上去像冬日里满山竖着的苎麻秆，随手一捏，便会啪啪断成几截。知青们吃完饭，聚在禾场上比力气，不是抱着石碾跑圈圈，就是抓住我的腰带往上举，看谁举的时间长。大抵因为小而且瘦，我被照顾当了牛倌。

与我同车来山上的，有的上了麻山，有的去了砖场，只有我牵着一头呆呆木木的水牛，不知道往哪座山上走。我索性丢了牛绳，让牛自己往前走。水牛跑到知青场后面，那里是一座水库。水牛下到水库里喝足了水，沿着水边晃晃悠悠地啃青草。

雨后初晴，阳光铺满山坡，草木一派欢欣，坐在草地上，几乎能听到周遭叶展花开的细碎声响。山里的风没有方向，携着漫坡漫岭的花香，忽南忽北地在山谷里流转，郁郁的让人熏醉。布谷鸟从遥远处飞来，由远及近地边飞边鸣。间或有两只相向而飞，"布谷布谷"的鸣叫似是应答，又似是独语，撒在空荡荡的山谷里，种子似的生长出好些孤寂与惆怅来……

等我睡醒，水牛已没了踪影。沿着水库岸边找，越走越往深山里。夕阳沉去，月亮升起，鬼影似的山林松涛骤起，似啸似吼的有些骇人。我不知该如何唤牛，也不知道如何记住回头的道路，漫无目标地在山里转，弄不清距知青场走了多远。后来，有一个火把，沿着水库岸边过来，然后听见有人呼唤我的名字。持火把的，是一位陌生的男人，四十上下的模样，走路一瘸一瘸地甩着右腿，身后跟着一个十五六岁的女孩。有两条狗忽前忽后地蹿来蹿去，借着火把的光亮，我看出那是一黄一白两条猎狗。

场长见我和牛傍晚未回，便发动知青上山寻找。找到半夜，想起住在水库边的猎人父女，便上门求助。瘸腿猎人二话没说，点上火把就出门上山。瘸腿猎人姓赵，人称赵跛子。水牛也是赵跛子和猎狗找到的，在靠近水库的一片松林里。牛绳缠在了一棵松树上，水牛围着松树绕啊绕，绕到牛鼻子缠在树干上动弹不得。水牛饿得趴在坡上起不来，跛子喂了两捆青草，才将水牛牵回知青场。如果不是赵跛子，下乡第二天，我便会饿死场里一头牛。

赵跛子是位复员军人。当兵时，在雪域高原摔断了腿，又窝在雪堆里冻了大半宿，送到成都没治好，落下一走一瘸的残疾。因为顶了块荣军的牌子，生产队照顾他拿正劳力的工分，却只看两头水牛。水牛白天要耕地耙田，赵跛子把早上割的牛草送到田边地头，晚上歇了工，再把牛牵到山上啃青草。白天是赵跛子的自由时间，便领着大黄小白两条猎狗在山林里转。赵跛子有一杆猎枪，说是西藏猎人送的，后来他教我打枪，我看也就是一般打散弹的鸟铳。不过赵跛子的枪法真准，飞斑走兔，我没见他失过手。即使是狡猾的火狐、机敏的獾猪，只要被他盯上，也便在劫难逃。不同的猎物，赵跛子有不同的打法，斑鸠要栖在树上打，野鸡要赶到空中打，狐狸要让猎狗赶累了打，狗獾要用烟熏出洞来打……丢牛的第二天，赵跛子带我去他立在水库边的茅草屋，满墙挂的都是红的狐皮、麻的獾皮，还有五颜六色的锦鸡皮。

赵跛子瘸着腿回乡没几天，老婆便扔下女儿跟人跑了。村上人说带走他老婆的是个猪贩子，赵跛子还在部队时，两人便好上了。赵跛子听了这话，也就没有满世界地去寻去找，带上女儿去了一趟岳父家，给岳父岳母响响地磕了三个头，了结了这桩孽缘。赵跛子叫女儿丫儿，我也跟着丫儿丫儿地叫，至今不知道她是否还有别的名字。跛子整天把丫儿带在身边，放牛割草、赶山打猎，寸步不离。小学的老师上门让丫儿返校复课，跛子硬是油盐不进，老师大小道理讲了一箩筐，跛子反正是摇头。

我去跛子茅草屋时，丫儿已十五六岁，出落得像根水葱，一双眼睛又圆又大，亮得像落在水井里的两颗星子。两条猎狗缠在她的腿边，像黏着她时刻不离的一对孪生兄弟。丫儿见了我并不怯生，站在禾场上抿着嘴笑，我猜想她是笑我放牛竟然丢了牛。

跛子带我早上上山割草，晚上进山放牛。跛子说，马无夜草不肥，牛无夜草不壮。又说牛吃夜草不能过饱，过饱了牛会胀坏。白天牛被拉去上山耕地，或是去砖厂踩泥巴，我便跟着跛子和丫儿进山打猎。跛子教我装铳，教我放枪，却并不让我真打飞禽走兽，一旦发现目标，跛子便会抓过枪去自己放。起初我以为跛子是怕我打不准惊跑了猎物，有一回喝了酒，跛子才说："你是读书人，不要干这种杀生的事。我是烂命一条，你日后还要干大事的，这种杀生害命损阴德的事，你不能干。"平生第一次有人说我是干大事的，当时我真不知道，我一个下乡知青，日后还有什么惊天动地的伟业可干。

跛子春天进山是不带猎枪的，只带着大黄小白在树林里钻来

水牛下到水库里喝足了水，

沿着水边晃晃悠悠地啃青草。

雨后初晴，阳光铺满山坡，草木一派欢欣，

坐在草地上，

几乎能听到周遭叶展花开的细碎声响。

○

水牛下到水库里喝足了水，

沿着水边晃晃悠悠地啃青草。

雨后初晴，阳光铺满山坡，草木一派欢欣，

坐在草地上，

几乎能听到周遭叶展花开的细碎声响。

审去，说是如果不上山，猎狗养肥了就赶不了山了。跛子春天不打猎，是因为春天里禽要孵雏、兽要育崽，打一只害一群，天理伤得太大了。夏秋两季，跛子打猎也是吃多少打多少，因为气温太高，打下的猎物皮毛没法收拾。只有冬季跛子尽情发挥自己的枪法，大黄小白也格外尽职，有时追赶一只狐狸，能紧追不舍越过几座山头。

跛子时常让我带些斑鸠、野兔回场里，大家一边就着野味喝谷酒，一边调笑我是赵跛子的上门女婿，弄得我一脸困窘。

知青场上养了十多条狗，而且是清一色的母狗。起初我不明白其中的原因，直到第二年春天，我才知道，养母狗是为了发情期把周围乡下的公狗吸引来，待公狗爬上母狗的背脊性交，男知青便操起锄头，往正在交配的公狗头上狠狠一击，公狗便当场毙命。整整的一个春季，知青场里都弥漫着一股浓重的狗肉味。

一个微雨的春日，知青都窝在床上没有上工。澧县下放的知青豆乳养的黑母狗，引来了一条黄公狗。豆乳一锄头打死了黄狗，挂在禾场边的松树上剥皮。我在床上突然听到了丫儿的哭声，然后是跛子的怒吼。跑到禾场一看，树上吊着的竟是跛子的猎狗大黄。丫儿扯着大黄垂着的尾巴号啕大哭，跛子则怒目圆睁，操起鸟铳顶着豆乳的胸口。起了床的知青边喊边操家伙，将跛子父女围在中间。我拨开人群，一把推开豆乳，用胸膛顶着跛子的枪口，正色警告跛子："打伤知青要坐牢的！你坐牢了丫儿谁管？！"

谁知丫儿却说："谁打死大黄就打死谁！爸爸你坐牢了没事，我自己管自己！"跛子见我挡在前面，终究没有开枪，一把扯下吊在树上的大黄，扛在肩上往回走。丫儿跟着父亲边走边号："赔我的大黄！赔我的大黄！"

我和跛子将大黄埋在了水库边上。跛子久久地站在隆起的狗坟边，始终一言不发。丫儿哭得两眼通红，一字一顿地对我说："滚吧！你们知青都是连狗都不如的白眼狼！"

后来我去跛子的茅草屋，父女俩都很冷淡，就连平时和我亲热的小白，也趴在远处一动不动，鼻子里发出恶意的哼哼声，似乎随时都可能扑过来咬我几口。我知道，大黄的惨死让跛子父女仅有的快乐失去了，没人能让这个家庭恢复原本的气氛。

不久，我离开山上的麻场，调去湖边建新场，不再有机会常去茅草屋。考上大学后，我回山上和场里的知青告别，也向跛子父女告别。跛子似乎忘了过去的不快，留我下来吃饭。丫儿躲在灶屋里，不多时竟做出了满满的一桌菜：清炖的斑鸠，油炸的腊兔子，红烧的白面……跛子倒了三杯酒，端了一杯给丫儿："你也喝一杯吧，给你曙光哥送行！"说着又和我举杯碰了一下："我早看出你是干大事的！记得干大事的人别损阴德！"

前几年，我回过一次山上，知青场已被拆掉了，站在水库边瞭望当年的茅草屋，也已经踪影全无。赵跛子或许已经作古，那丫儿呢？那个扎一对羊角辫、扑闪两只水灵大眼的丫儿！

尤矮子

第一次见尤矮子，是在拖拉机把我们拉到知青场的那个下午。场里的老知青都跑出来帮新来的知青卸行李，只有尤矮子一手持钓竿，一手提铁桶，从水库大堤上走过来。尤矮子仿佛没有看到新来的知青，举着铁桶对站在拖拉机上搬行李的高个子知青喊："豆乳，下来煮鱼去，晚上喝酒，老子钓了一条两三斤重的红鲤鱼。"

知青们围过来，看到铁桶里果然有一条红艳得泛着金光的鲤鱼。鲤鱼很鲜活，在半桶清水里慢悠悠地鼓动鱼鳃，红折扇似的尾巴，缓慢而有节奏地左右摆动。和我乘同一部拖拉机来的娟子见了，感叹地说："好漂亮的红鱼呀！吃了可惜了！"尤矮子抬头一看，看到的是一张粉嫩俏丽的脸庞。"那就把它放生了吧，由你去放！"尤矮子说着将铁桶递到娟子手上，仿佛忘记了刚才自己说过的煮鱼喝酒的话。娟子真的接过铁桶，走到禾场前面的水塘边，将红鲤鱼倒进了塘里。豆乳跳下拖拉机，追过来想抢回红鲤鱼，结果还是慢了。看着红鲤鱼慢慢游到水塘中央，豆乳破口大骂："尤矮子，狗杂种见色忘义，看见美女骨头都酥了，没出息！老子明天就把鲤鱼抓起来煮了！"尤矮子也不对骂，嘿嘿一笑说："什么见色忘义，给新知青进场留个纪念呗。"

这条鲤鱼，还真成了我们这批知青上山的一个纪念，直到我上大学离开知青场，也没谁打过这条鲤鱼的主意。我离场的那天早上，端了一碗米饭到塘边，撒在清澈的塘水里，立马红鲤鱼就浮上了水面，摇着尾巴慢慢游，似乎真的与我道别。尤矮子站在旁边说："幸好没把这条鱼吃掉，不然你离开了连个念想都没有！"

尤矮子是个真矮子，往高了量也不会超过一米五，只是上身下身比例还匀称，看上去不像个侏儒。尤矮子脸瘦，五官挤在窄窄的脸上，怎么看都觉得挤得有点变了形。后来看到美国电影中的外星人，才明白尤矮子生就的，原本不是一张地球人的脸。尤矮子长得黑，不仅脸上，全身就没有一处稍微白一点的地方。有一回在水库游泳，豆乳吆喝几个人把尤矮子的短裤扒了，掰开屁股看屁眼是不是白一点，结果比其他地方更黑。和尤矮子一同从津市下乡的易陵说，尤矮子老爸是饮食公司的，每天摆个煤炉子在街上炸油货，尤矮子站在旁边玩耍，一天天被煤烟熏成了这个黑不溜秋的样子。

像所有的黑人一样，尤矮子爱穿白色衬衣、浅色裤子。因为懒得洗衣服，一件白衬衣上身，不穿得和皮肤一样黑漆漆油渍渍，尤矮子绝不会脱下来洗。要是哪位女知青看不下去，说尤矮子你的衣服都臭了，脱下来洗洗吧，尤矮子立刻脱下来，往女知青手里一塞。女知青拿了这衣服，捂着鼻子都觉得臭气熏天。因为娟子放了红鲤鱼，便时常被尤矮子塞衣服洗。娟子说，只要帮尤矮子洗了衣裳，三天吃饭都恶心。据说尤矮子上山三四年，自己一次衣服都没洗过。场里的女知青只要听说尤矮子换了衣服，个个躲着绕着走。

不过，除了洗衣服这件事，尤矮子跟女知青的关系倒是很黏糊。女知青和尤矮子在一起，首先不用设防，其次不惹绯闻。没有女知青担心尤矮子会对自己动心思，也没有男知青会相信哪位女知青能对尤矮子动心思。有了这份心理安全，女知青有事都爱找尤矮子：谁的锄头脱了把，扔给尤矮子；谁的箩筐断了索，扔给尤矮子；谁的刮麻机钝了刀片，还是扔给尤矮子。尤矮子不仅随喊随到，而且心灵手巧，三下两下帮人解决难题。只是尤矮子的这种优质服务，永远只对女知青提供。

尤矮子烟瘾大，八九岁就跟着炸油货的父亲抽上了瘾，十几年抽成了满口黑牙。山上没钱买纸烟，从家里带来的又不够抽，尤矮子便厚着脸皮，找驻场的贫下中农代表蹭旱烟。上工时，哪个贫下中农代表丢下锄头在地头一站，尤矮子立马靠过去，急急忙忙掏出火柴，还有用报纸裁成的卷烟纸。对方从口袋抠出一片旱烟，撕下半片给尤矮子，尤矮子便极讲究地卷成一个喇叭筒，点上火深深地吸上一口，然后长长地憋住一口气，生怕跑漏了一丝烟味。

贫下中农代表中，烟叶晒得最好的是李伯啦，烟色金黄，干湿适度，看上去爽眼，摸上去爽手，抽上去爽口。只是李伯啦生性小气，抽支喇叭筒躲得老远，尤矮子死皮赖脸跟过去，缠上半天才递个喇叭筒让他吧唧两口。后来，尤矮子找到一个办法，让李伯啦心甘情愿地供他烟叶。麻场一年两季打苎麻，每天定额十斤干麻，李伯啦个子高骨头硬，弯下腰来打麻受刑一般，加上手脚又慢，一天打下来的湿麻晒干不到两斤。尤矮子个儿矮，在地里打麻不用弯腰，上机刮麻手脚也灵便，一天打出来的湿麻能晒二十多斤。尤矮子不拿超额的苎麻挣工分，只拿去和李伯啦顶定额换旱烟。尤矮子没烟抽了，便去李伯啦屋里搬，一搬一大捆，李伯啦尽管心肝疼，却只能由了尤矮子。尤矮子手上有了李伯啦的优质旱烟，江湖地位大长。下雨天不下地出工，尤矮子窝在被子里不起床，大家争着把饭菜打来递到他手上。

尤矮子的父亲虽说是个炸油货的，却炸成了食品系统的劳模，不仅市里开会戴了大红花，而且还奖了个下乡子女返回津市工作的指标。这在知青场算件大事，知青们有羡慕的有嫉妒的，有祝福的有嚷着让尤矮子请客的。全场人似乎都很兴奋，只有尤矮子反倒闷闷不乐，喇叭筒一支接一支地抽。傍晚，尤矮子约我到水库边，躺在山坡上聊心事。澄净的湖水蓝得透明，西天的火烧云映在水面，看上去像在湖底熊熊燃烧。晚风穿过树林，携来青草和松针的淡淡香味……

"我要像你读这么多书就好了！"尤矮子深深地吸了一口烟，又轻轻地叹了一口气。

原来这一次是教育战线招人，招去的知青是去当小学教师的，尤矮子小学都没毕业，即使未来怎么努力读书，也难得成为一个合格教师。再说招工还要考试，尤矮子觉得自己会打个鸭蛋。"与其浪费这个指标，不如让给别人吧，反正都是从津市出来的，走一个算一个，走一个也少一个。"

尤矮子最终把回城的指标让给了易陵。易陵的父亲是工业局的副局长，因为家庭的差异，平时易陵并不太与尤矮子来往，易陵的账，尤矮子也不太买。只是易陵从小学到高中都是读的好学校，平时也爱读点书，招工考试通得过，不会浪费指标。易陵招回城里，并没有去小学当老师，父亲找人把他换到了丝绸厂，在供销科当了销售员。

尤矮子离场返城，是在我上大学一年后。那一批回城大多是顶父母的班。尤矮了照例回了饮食公司，是不是接过父亲的煤灶炸油货我不知道，最终在饮食公司下岗是确定的。下乡三十年聚会，尤矮子是滚着轮椅来的。我上去递给他一支烟，他摇摇头说戒了："医生逼着戒的。其实人都这样了，戒与不戒有多大个意义？"尤矮子冲我咧嘴一笑，虽有一丝苦涩，神情却还是当年的样子。

福吧的名字叫吴家福，是梦溪镇吴伯啦的儿子。吴伯啦 1949

年前开南货铺，1949 年后在镇上供销社当店员。福吧长得像父亲，矮矮墩墩，白白净净，肉肉滚滚，见人总是一脸笑，纵然有人指着鼻子骂上脸，照样嬉皮笑脸不生气。这脾气不仅让福吧四面八方广结人缘，走错路了都是朋友，而且让他每遇困境逢凶化吉，少吃了好些哑巴亏。

福吧下乡早，"文革"之初便随家里下到了乡下。七十年代初建麻场，被收到场里建场房，是麻场里最老的一批知青。我到山上时，他在山下樊家铺边上的另一个场部。刚到场里没几天，场长通知到山下的场部开重要会议，说是每个知青都不能缺席。我们猜测，是不是哪个林彪式的大领导出逃了，或者是哪个小平式的走资派被打倒了，心中充满了庄肃和紧张。走进会场一看，福吧坐在台上，旁边站着公社分管知青工作的朱伯啦。朱伯啦是我父亲的好朋友，时常两人一起喝酒。他俩走在街上，活脱一对猴子，常常有人把两人弄混。

朱伯啦站在台上义正词严，说得青筋暴突唾沫横飞。原来，会议的主题是批判福吧严重的资产阶级思想，说是福吧屡教不改，又搞大了一个女知青的肚子。福吧坐在台上，由着朱伯啦指着鼻子骂，脸上依旧堆满笑容。朱伯啦几次让他严肃点，他依然是一副笑兮兮的样子。朱伯啦问他："你上次说了改正，而且赌咒发了誓，怎么又旧病发作？""想改，真的想改，就是没忍住！"福吧依旧一边说一边笑。台下的知青哄堂大笑，豆乳领头在台下起哄：“福吧屡教不改，我们把他阉了！”朱伯啦明白会再开下去就收不了场了，说了句“全体知青都要吸取教训，引以为戒”，匆匆宣布散了会。

那时节，搞女知青是重罪，是要以“破坏上山下乡罪”判刑的。好在福吧自己也是知青，搞了女知青只能批评教育，不能批斗判刑。对待这类犯作风错误的知青，最严厉的惩罚就是不让返城。和福吧一批的老知青，一个一个陆陆续续返了城，福吧形单影只地留在了场里。福吧似乎也并不急于回城，待在场里优哉游哉，时不时弄出一桩绯闻来。

这一回，福吧是和一个澧县来的女知青好上了。这女孩先我一年下到场里，名字叫桃子，据说是澧县城长得最好看的妹子。桃子下到场里，从县城跑来找她的男孩就没有断过线。常常夜半三更，还有人站在山坡上桃子桃子地叫喊，弄得全场人睡不了觉。其中有县长的儿子，也有社会上的烂仔，好几个在后来的严打中被绑赴了刑场。男孩来归来，并没有沾上桃子的边，桃子在场里该下地便下地，该收工便收工，并不搭理前来找她的任何人。没人说得清福吧使了什么招数，把如花如朵的桃子勾上了床。追求桃子的男子，不是玉树临风，便是器宇轩昂，唯独福吧看上去长不像冬瓜、短不像葫芦，两只眼睛像是用篾片划出来的，又浅又小如同两颗老鼠屎。可桃子偏偏鬼使神差喜欢上了他。女知青们说上一两句福吧长得丑之类的话，桃子又哼鼻子又瞪眼，护得像块宝。桃子也知道福吧和场里好几个女知青好过，有两个至今仍在场里。福吧也不隐瞒自己的情史，两人月下在山道上散步，还怂恿福吧说来听听。

朱伯啦想棒打鸳鸯，将福吧调到了山上，把桃子留在了山下。两个场走小路只隔了六七里，走机耕道骑单车个把小时就到。傍晚下了工，常见桃子推部单车，汗津津地跑上山来，和福吧提着铁桶，拿上换洗衣服到水库里游泳。游泳上岸，着泳装的桃子婷婷款款地走回来，湿漉漉的长发贴在裸露的肩头，白皙的肌肤贴着晶莹的水珠，在夕阳里闪闪烁烁泛着金光。泳衣贴着的胸脯，一起一伏格外活脱。两条修长柔滑的美腿，托着紧绷上翘的臀部，使整个身体的力量上提，走起路来轻盈得像在路上飘。跟在后头的豆乳和尤矮子见了，声嘶力竭地叫喊："受不了了！喷血呵！"

福吧调到山上，分派的工作是守花生。自打赵跛子和丫儿不再搭理我，我也不想再放牛，免得在山上割草、看牛时碰上没话说。队长见我态度坚决，接过牛绳说："那你和福吧去守花生吧！"

场里在背靠水库的东山坡上，种了一大片绿油油的花生，夏日花落生籽，便要派人整天看守。起初是守牛羊野兔偷吃花生茎叶，待到花生籽粒饱满，则要守獾猪、老鼠和夜里偷拔花生的农民。守花生的棚子，搭在半坡上的花生地里，站在棚边，东南西北哪片花生地都能望到。福吧和我从场里搬来五根枞树、两捆毛竹、十多担稻草，整整忙了两天才将棚子搭起来。棚里只有一张用木

守花生的棚子，

搭在半坡上的花生地里，

站在棚边，

东南西北哪片花生地都能望到……

板搭起的地铺，一张摇摇晃晃的旧书桌，还有一盏新买的马灯。马灯用一根麻绳吊在书桌顶上，将棚子照得透亮。

朗月的山野，是夏虫的世界：飘飘荡荡的萤火虫，像传说中小鬼们的眼，一眨一闪地满山游荡，弄不清它们想要飞向哪个地方；草丛里的蛐蛐和纺织娘娘，长一声短一声、粗一声细一声地相互竞唱，协奏出丰富多彩的和弦……福吧从床头摸出两本书，一本扔给我，一本自己捧在手里，就着马灯亮读起来。我的那本是《唐诗三百首》，已被他卷了很多角，画了好些圈圈杠杠。那是我第一次读到那么多的唐诗，知道唐代有那么多的好诗人。"诗光看没有用，要背！每天背两首，睡觉前我考你。"福吧一边看书一边对我说，口气就像一位老教师。也就是在那年夏秋之交的三个月里，在那个荒山野地的草棚中，我一首不落地将三百首唐诗背了下来。每天清晨，我手捧诗集站立在山坡上，面朝喷薄而出的朝阳，大声诵读那些或华丽或隽永的诗章，像草叶吸吮露珠，像花朵迎接朝阳。

"知道桃子为什么喜欢我吗？因为我爱读书！几乎所有的美女都喜欢会读书的人。美女自己越不读书，就越崇拜读书的人。她们不一定听得懂诗，但听得懂故事。书里的故事讲出来，个个引人入胜，你每天给她讲两个，古代的现代的，中国的外国的，讲上一个月她不爱上你才怪！古人说书中自有颜如玉，讲的就是这个道理。我读书不是为了黄金屋，只为颜如玉！黄金屋也不一定能换来颜如玉呢。美女再高傲，都服读书这服药，百试百灵。"

一天晚上喝了酒，福吧丢掉手里的书对我说，越说越兴奋，把他的每个恋爱故事说了一遍。星稀月斜，我听得睡眼惺忪，恍惚中看见一条蛇从棚顶的麻绳溜下来，蛇头差不多碰到了福吧的脑袋。我叫了一声"别动"，操起一根竹棍把蛇打到地上，扑扑两棍将蛇打死。福吧看到被打死的是一条母蝮蛇，说一定还有一条公的。两人操着竹棍东拨西戳，将棚子找了个遍，最后，在枕头下找到了一条公蛇。如果当时没发现，说不定我们中会有一个被蝮蛇咬伤，假若是在睡梦中，必定会一命呜呼。这事至今想起来，脊背还一阵阵发凉。

因为生活作风问题，福吧很晚才招工返城。先是招到我父亲所在的中学当炊事员，经父亲推荐，慢慢替人代课，后来考去读了两年教师培训学院，正式转岗当了老师。福吧是在中学校长的任上退休的，据说，在澧县福吧一直是公认的优秀校长。

福吧并没有和桃子结婚，工作后在梦溪镇上的粮站，找了一个苏姓的妹子。婚后每隔三两年就会传一则绯闻，婚姻却一直很牢靠。朋友聚会，苏姓妹子并不避讳这个话题，望着福吧说："他就这个爱好，狗改不了吃屎！"福吧也不声辩，胖胖的脸庞堆了一脸笑容，两只老鼠屎般的小眼睛眯缝着，举起酒杯吆喝大家："喝酒！喝酒！"

乐宝

　　场里每天上工，是一个班组一个班组约齐了出发的，十几个人荷锄挑担，长长的一路行走在弯弯盘盘的山道上，时间长了难免寂寞。娟子说："乐宝，你有收音机，晚上听到了什么消息说一说。"乐宝挑副箩筐走在队伍后头，听见娟子叫他，赶到前头说，没听到什么消息，只有美国之音说刚下水的巨轮不行。接着将晚上在美国之音中听到的新闻都说了一遍。这事一开头，慢慢便成了习惯。每天班组上工，都是乐宝讲述美国之音里的新闻。乐宝一边讲，眼睛却盯着娟子那张好看的脸。开始是一个班组，后来是别的班组也让乐宝去讲，再后来，干脆是晚上一群人围着收音机收听。乐宝平时没什么人搭理，常常将家里带来的好吃好喝分给大家，才有人跟他一起抽烟喝酒混上一晚。没想到一个美国之音，让一群人每天晚上围着他转，不由自主地有了人五人六的感觉，有时候故意蹲在茅坑里不出来，让人三番五次到茅坑来请："时间到了！时间到了！"这时他才慢慢拿报纸刮屁股，慢慢搂起裤子走回宿舍，慢慢掏出钥匙打开箱子，把收音机摆在书桌上。

　　这事没过多久，朱伯啦就知道了。是有人故意告的密，还是失口说出去了，没人弄得清，反正朱伯啦铁青着脸爬到了山上。知青场集体收听敌台，这是惊天大案，弄不好是要抓好多人的。乐宝明白了这事的轻重，哭着连夜跑回了家里，一连几天不敢回场。

朱伯啦并不派人去追乐宝，只在场里把听过美国之音的找来，办了两天学习班，让大家反复背诵毛主席语录："凡是敌人反对的，我们就要拥护。凡是敌人拥护的，我们就要反对。"最后让每个人写一份认识。认识材料收齐，又让场长撬开乐宝的箱子，当众没收了乐宝的收音机："你们心里都明白，汪乐天脑子有病，一会儿清白，一会儿糊涂，这收音机放在他手里，他一犯病还会出事犯错误。你们都是插友，要相互爱护，不能利用他脑子有病干错事！"朱伯啦这么一说，大家想想乐宝呆呆傻傻的样子，也觉得他的脑子是有病。如果没病，谁会把收听敌台的事对人说，甚至每天组织人收听呢？

乐宝是被父亲送回场里的。父亲交给朱伯啦一份县医院盖了鲜红印章的证明，证明乐宝患有间歇性精神病。敌台风波就此过去，场里恢复了旧有的平静，只是大家再看乐宝，怎么看都觉得他有病。乐宝把家里带来的红糖、蜂蜜分给大家，大家觉得他过去没这么大方；乐宝把家里带来的白酒、香烟锁起来，大家觉得他过去没这么小气。往常乐宝干活慢，现在觉得他不仅干得慢，而且干过的活要全部返工；往常乐宝吃得多，每月饭票不够吃，现在觉得他吃得更多，吃到一半女知青过来抢他的碗，担心他不知饱足把自己撑死……

乐宝的父亲是位南下干部，从北到南一路打过来，身上钻了好几颗子弹。复员后留在澧县，论战功至少可以当个县长，实在文化太低，连自己的名字都写不拢，最后只当了个局长。局长休了远在东北的小脚村姑，在一中找了个女教师做太太。据说开始时女教师不愿意，局长多少霸了一点蛮，把生米煮成了熟饭。婚后局长太太倒是当得有模有样，接二连三地生了一群女儿，最后如愿以偿，生下乐宝这个八斤半的胖小子。英雄晚年得子，自然乐天乐地，乐天的大名几乎脱口而出。一双父母加上一群大大小小的姐姐，每天把他宝呵贝地喊来喊去，慢慢便落下了乐宝这个名字。

乐宝继承了父亲的魁梧身材，肩宽体胖，肥头大耳，一副大官人的身板。唯一的遗憾是嘴阔唇厚，而且有点地包天，向外突起的下颚，给人进化滞后的感觉。乐宝从小和书有仇，拿到手里就想撕，当教师的母亲买了多少糖果饼干做交易，乐宝还是不读书。从小学到高中，乐宝没做过几回作业，不是拿出零食请同学帮忙，便是回家扔给姐姐。乐宝接到知识青年上山下乡的通知书，父亲拿在手里哈哈大笑："乐宝呵乐宝，如今你也成了知识青年！"

自打娟子上了山，乐宝的眼睛里便没了别的异性，回家看到姐姐们，也觉得横竖不顺眼。乐宝下乡时已有两三个姐姐成了家，常常从家里给乐宝捎吃的用的，乐宝总是立马送到娟子的宿舍去。起初娟子接了往桌上一摊，见者有份，宿舍里的姐妹乐呵呵地分享。时间一长，娟子觉得不太对劲，乐宝一来她便往外跑，躲着乐宝不见面。乐宝丢了魂似的跑回家，赖着姐姐们想办法。姐姐们拗不过乐宝，只好结伴来山上找娟子。娟子原本有男友，长得高大帅气，在镇上的建筑队里当工人。娟子见到姐姐们，始终没有开过口，随便姐姐们说什么，只是不停地摇头。娟子性情开朗，性格柔顺，属于那种人见人爱的美女，即使是同龄的女性，见了也会喜欢。姐姐们一见到娟子，心里便有了答案：眼前这个美女，不会是乐宝碗里的菜。

场里的知青知道了乐宝搬兵姐姐的事，更觉得乐宝有病，豆乳甚至说："一家人都有病！"娟子听了连忙阻止："豆乳你别这么说，人家一家人都挺好的。乐宝喜欢谁，也是他的权利，不要老说人家有病。朱伯啦这么说，是为了保护乐宝，也是为了保护全场知青。那时听美国之音，你不比谁都积极？"娟子话说得柔和，态度却很硬朗，而且句句都在理上，场里再也没人说乐宝有病之类的话。

娟子和我同姓，按辈分我是叔叔。两家的父辈常有往来，算得上世交。这层因由加上性情相投，两人的关系便近过常人。娟子拒绝乐宝的姐姐后，乐宝看上去魂不守舍，娟子怕乐宝出事，便约了我一起去见乐宝。娟子说我是她的男朋友，高中时就好上了，而且两个家里的人都知道，镇上很多人也知道。我明白娟子把我顶出来，是想有一个看得见的人摆在眼前，让乐宝彻底灭了这个念头。

乐宝真的没再找过娟子，只是更加郁郁寡欢，三天两头请假往家里跑，一月出不了几天工。后来我和娟子一起调去了湖边，没再见过乐宝。听说我们下山不久，乐宝便办了返城，用的还是那张说他有间歇性精神病的医院证明。

这些年，我去美国很多次，有两次站在美国之音的大楼前，自然地想起了乐宝。导游说，美国之音早已停了对华广播，冷战时代的舆论格局已经打破。如今的互联网、自媒体无所不在，广播传播的有效性已大打折扣。当然，无论媒介如何便捷，人们对于真相的追索，永远是一种本能。只要还有窗口，就会有人张望，尽管透过窗口，看到的未必就是真相。

当年在山上，乐宝给了我们这扇窗口。重要的不是我们在乐宝无心打开的窗口里看到了什么，而是我们在无意中学会了寻找窗口张望。

那年重返山上，我谢绝了福吧和娟子同行的请求，独自驾着一台雷克萨斯的越野车，从樊家铺拐上上山的机耕道。道路失修已久，坑坑洼洼积满泥水，上坡下坡车胎都有些打滑。

我将汽车停在水库的大坝上，在靠近水面的一块石头上坐下来。因为雨季，水库的水线很高，满满的一库碧水，漾着细微的波纹。岸边的花草杂乱而蓬勃，一丛一丛的野蔷薇，从大坝上爬下来，艳红艳红的在阳光里开得热闹。也有布谷鸟在远处飞过，"布谷布谷"的几声鸣叫之后，山里幽静得瘆人。

远远近近的山坡上，当年栽种苎麻、花生的梯田，都已退耕还林，连同拆掉了房子的场部地基上，密匝匝地种满了油茶树。油茶花事正盛，漫山遍野都是开放得纯净而又秾丽的白色花朵，置身其中，仿佛习俗里一场盛大的祭事。再过一些年月，大抵没人再记得这个曾经的麻场，这些曾经的知青，这季曾经的青春与生命。姑且认为这一岁一季的花事，就是山野的记忆，就是草木的祭祀吧！草木非人，孰能无情？

　　福吧、尤矮子、桃子、豆乳、娟子、乐宝……他们都还记得吗？记得我们曾经的山上？

2017 年 12 月 9 日于抱朴庐

日子疯长

湖畔

○

一

　　那是第一次，我站在湖畔，面对一片漫无边际的残荷。

　　夕阳西沉，鲜红的晚霞倒映湖水，与平静湖面上缓缓升起的雾气融为一体，变幻成一派流动的氤氲，将湖面上干枯的荷叶和弯折的茎秆浸润在半透明的霞雾里。夜霭渐浓，远近的残荷，如同焦墨写就的画卷无限展开，看上去枯瘦而磅礴、沉雄而灵动！那种鲜红与墨黑的冲突、流动与静止的冲突、无边与局限的冲突，竟如此强烈又如此和缓，如此相克又如此相契！站在湖畔的我，说不清是被震慑还是沉迷，身体和思维深陷其中，直到一轮圆月高挂中天，湖面上弥漫起淡蓝色的雾霭……

从山上到湖畔，我们的使命是从零开始建造一个知青场，以接纳即将下乡的新知青。其实，那时候高考已经恢复，上山下乡的政策即将废止，已经建造的知青场亦将废弃，但是，如此巨大的政策转向，没人可以预测，我们依旧肩负着光荣使命，雄赳赳地开赴湖畔。

　　我所在的班组，借住在洪嗲的家里。洪嗲是当地的大队支书，家里的三间板壁瓦房，建在临湖的一块台地上。湖区隔三岔五涨水，洪水一来，再牢实的房子也冲得精光，因而每家每户的房屋都不宽敞阔绰。洪嗲家与村民不同的，是屋前禾场上长着一棵大银杏树，夏日枝叶葱茏，银杏巨大的冠盖将房子遮得严严实实。我上洪嗲家正值初冬，是银杏叶黄如金的季节。站在远处的河堤上，便看到了那一树柠檬黄的叶子，在明艳的阳光下闪闪烁烁，那种金属般的光泽，让你仿佛能听到树叶在风中碰撞的清脆声响。初冬的湖区，该落叶的树木已是满树霜色，不落叶的树木也在寒风中显出几分萧瑟，只有银杏，那么高调地将亮闪闪的华盖举在空中，似乎秋霜和寒风与其无侵，无所顾忌地黄得那般明亮，黄得那般任性。那是我第一次见到那么高大的银杏树，第一次感受到那么俊逸洒脱、纯净明亮的树木之美。那是霜雪下的倔强春意，是肃杀里的反叛抒情！因了这棵银杏，我一直怀念这栋两度借住的平常民居，一直惦记这位相处不久的朴实农民。这棵银杏，虽不是我湖畔生活的某种象征，却是我青春年少的生命中，一个抹不去的审美符号。

三

来到湖畔的前两个月，每天钻进河滩上的芦山砍芦苇。冬天砍芦苇，是件极苦的活，寒风刮过河滩，刀子般地伤手伤脸，三天下来，手上脸上都是干裂的口子，用力一擦汩汩地渗出血来。经霜的苇秆很硬，镰刀砍下去又狠狠地弹回来，震得握镰刀的虎口开裂。第一次进芦山的人，砍不上一捆芦苇，便会满手血泡。血泡磨破，锥心的疼痛让你不停地跳脚甩手。即使是男知青，也会痛得龇牙咧嘴呵呵地叫喊。娟子一帮女知青，戴上手套砍芦苇，依然砍得满手是血。血一干，手套和皮肉黏在一起，热水泡上半夜仍扯不下来。从河滩把砍倒的芦苇担到准备修建新场的湖畔，要在又高又陡的河堤上上下下，压得肩头又红又肿，扁担搁上肩去，疼得不是杀猪般地叫喊，便是恨得心里想杀人。直到手上肩上的血泡磨成了老茧，这个炼狱般的过程才算了结。到那时，搭建新场的芦苇已经堆成了一座小山。

芦苇是用来搭建临时场部的，让我们先遣的知青有个栖身之所。先是将芦苇用稻草卷成碗口粗的杆子，再用竹片将杆子夹成一块板，最后糊上一层掺了石灰和草茎的厚厚泥巴。待泥巴风干，便成了房子的四壁。房顶也是用芦苇盖的，先将芦苇砸扁，再一层一层铺在杉树檩子上，铺一层芦苇压一层河沙，如此铺上三层，屋顶不仅经得住雨雪，而且冬暖夏凉。湖区的农家遭了水灾，度灾的房子都是用芦苇搭建的。好些穷困的人家，在芦苇搭的房子里，一住十多年。

从洪嗲屋里搬出来住进芦苇房，已是在腊月间。虽然睡的仍是地铺，大家还是兴奋地吵闹了一宿。娟子和几个女知青摸着手上结成的老茧，说不清是悲伤还是高兴，只是断了线似的掉泪。过小年的夜晚，场里知青聚餐，男的女的都喝了好些酒，醉了的尤矮子、豆乳和丫毛，吵到半夜才安静。凌晨，被一阵浓烟呛醒，睁眼一看，房子一片烈火，我慌忙喊醒大家。知青一个个来不及披上棉衣便冲出房子，站在禾场上眼睁睁看着芦苇屋烧成灰烬。那晚风大，风助火势呼呼一卷，艳红的火焰烧到半空，十几里外都看得到。知青们只得搬回原来的住家，除了穿在身上的衣裤，其余什么都没留下。洪嗲搬出几床新弹的棉絮，扔在还没来得及拆除的地铺上。我们男男女女挤在一起，一言不发地等待天明……

知青一个个来不及披上棉衣便冲出房子，

站在禾场上眼睁睁看着芦苇屋烧成灰烬。

那晚风大，

风助火势呼呼一卷，艳红的火焰烧到半空……

四

次日大雪，雪花一筐一筐往下倒，又被呜呜的北风卷起来，扬在空中真像一片片飞舞的鹅毛。天地间被席卷的风雪塞得满满。湖面上结了冰，雪花在枯瘦的荷秆间滚来卷去，将寒风里摇来摆去的枯荷埋在了厚厚的雪堆里。屋檐上的冰凌越结越长，银杏树遒劲的枝条执拗地刺向天空，仿佛要将封冻的苍穹捅出几个窟窿来。洪嗲披了件棕毛蓑衣走进风雪里，一眨眼便被雪花裹得没了踪影。

傍晚洪嗲回到家里，湖边便响起了突突的抽水机声。抽水机整整抽了两天两夜，才将一个靠近大堤的湖坝抽干。洪嗲打了赤脚，提着一只木桶下到湖中，将一条条在泥水中翻滚的鲤鱼、草鱼和鳙鱼捉进桶里，然后提到雪地上，分作一小堆一小堆，让每个知青领一堆回家。后来我们知道，洪嗲那天冒雪出门，是和队里的村民商量，要干一片湖坝捉点鱼给知青回家过年。洪嗲以为会有村民反对，没想到他话一出口，大家都赞同，就连平时最爱出头冒尖讲怪话的五癞子也说："伢儿们烧得精光了，好可怜，干几条鱼给他们回家过年要得！"村民们又冒雪在湖里挖了好多莲藕。等到村民将糊满淤泥的莲藕搬上湖岸，手脚已冻得又紫又僵。

腊月二十八，公社派了一辆拖拉机接知青回家过年，知青们竟每人带了一担湖藕、十几斤鲜鱼和一只活鸡。据说，那十几只鸡是洪哆在村民家挨家挨户一只只讨来的。

大雪一连下了四天，整个湖垸都埋在了棉絮般的积雪里，连同农民的房舍，远远望去也只剩下一个厚厚的雪包。洪哆裹在雪花中，对着站在拖拉机上的知青招手："在家多住几天，过完正月再回来……"北风呼啸，洪哆的喊话被撕碎成一截一截，断断续续地飘在风雪里。

洪哆并不是知青场的干部，他只是新场属地的一位书记。

五

湖畔的春天，是从河堤湖埂上悄然来临的。先是枯草丛里一星一点的绿芽钻出尖儿，一眨眼便成了薄苔似的淡淡的绿意，又一眨眼便叠成苔藓般的厚厚绿毯，再往后便是草叶舒展、花骨朵儿爆开。开始是米粒般的无名小花，贴着地皮星星点点地悄然开放，然后是迎春、地米菜、紫云英等五颜六色的花朵叽叽喳喳地绽开，彼此不分日夜地往前赶，深恐谁开在了后头。湖畔最早的春天气息，是青草略带生涩的气味，之后才是青草混杂着花香，那是一种分辨不出哪一种花草，含含混混的草木腥味。阳光灿烂的日子，躺在大堤或湖岸铺满枯草的泥土上，你能真切地感受到地下的热气往上蒸腾，闻到浓重的青草腥味在周遭弥漫，听到湖水里冒出一串串气泡和间或的一声鱼跃。待你睁开眼睛，湖水里已冒出了嫩生生的小荷尖角，还有菖蒲、野荸荠、野茭白摇曳的纤细茎秆。在湖畔，最高远的天空是春天，最沉醉的气息是春天，最缱绻的幻想也是春天……

有了起火的教训，知青场不再用芦苇，改为自己扳砖烧窑建造。每个知青一天的定额是五百块砖。早晨五六点起床，上午十一点左右便能扳完码好，盖上稻草编成的草帘收工。晴朗的下午，我会抱着一本书迎着太阳躺在大堤上，看着看着便昏昏睡去。娟子和女知青们则拿了一团一团红的绿的毛线，有一针没一针地织毛衣。湖畔的日子简单而悠长，毛衣常常织了拆拆了织，来来去去好几回，直到毛线不能再拆了，一件毛衣才算织好。住在洪嗲家里的知青，凑钱买了两斤毛线，让娟子给他织件厚毛衣，结果织来拆去，两个月还没有织好。

六

晚上大队部放电影，娟子和女知青换了连衣裙，豆乳和丫毛换了擦了白粉的回力鞋，戴了平日里舍不得戴的军帽，男男女女吆吆喝喝出了门。我不喜欢凑热闹，又觉得看电影不如看小说，便窝在铺上看《野火春风斗古城》。天黑不久，丫毛气喘吁吁地跑回来，说莲子场的知青调戏娟子，双方打起来了。我看丫毛头上的军帽不见了，白回力鞋糊满了泥巴，嘴角有一块瘀青殷殷地流着血，二话没说便冲出门，直奔大队部，丫毛叫上另外几个知青跟在后头。

电影依旧在放映，看电影的人吵吵嚷嚷挤作几堆，我看到娟子被一堆人围着推来搡去，原先扎着的辫子散成了一瀑乱发。我推开人群挤进去，对着扯住娟子的大个子，狠狠地一拳砸在鼻梁上。大个子嗵的一声倒在地上，用手一抹鼻子，满满一手血。打斗的双方一下愣住了，对方没想到我这么一个瘦小的个子能一拳将大个子打倒，场里的知青从未见我打过架，没想到我出手这么狠。只有娟子知道，我曾学过三年武术，师傅是胡伯啦，梦溪镇卫生院治疗跌打损伤的老中医。

大个子回过神来，跑出人群捡了一根木棒，抢起往我头上劈，我身子往左一扭，右手迎上去抓住木棒用劲往后一拖，大个子连同木棒扑倒在地上。大个子想翻身坐起来，被我一脚踩在腰上。对方的人嘴里喊打，却没一个人跨步上前。加上我们场里的知青人多，对方边吼边扯着大个子退场："没完！你们狠的就等着，明天再打！"

大个子是附近莲子场的知青，是公社庞秘书的儿子。因为从小长肉不长心，凭着个高肉多力气猛，常常打架滋事。母亲在津市管不住，怕他跟社会上的人混出事来，便交给在公社当秘书的父亲来管。父亲将他放在莲子场，照样一天不打架便血贲肉胀。因为做事没分寸，打人没轻重，便被人叫作苕宝。津澧一带把红薯叫苕，称某人为苕宝，是说他只长个子不长心，发起宝来三头牛都拉不住。莲子场也是公社办的，原本没有知青，因为区里、公社有几个干部的子女要下乡，又不想将他们下到麻场和我们一样受苦，更主要的是回城指标没法特殊照顾，便悄悄地塞到了莲子场。除了苕宝，有区委书记的女儿邹波，读初中时是我的同桌；还有一个叫桑晨，是公社书记的千金。和桑晨一同进场的叫齐华，舅舅是哪个局的局长，齐华是桑晨的男朋友。就因为莲子场是一个贵族知青点，麻场的知青平时不爱来往，这次我打了苕宝，个个觉得出了一口气，仿佛这次打斗，是一场平民与贵族的战争。

我准备苕宝还要打上门来。过了三天，尤矮子领他到洪嗲屋里，我腾的一下从椅子上弹起来，站稳桩子准备出手，没想到苕宝两手一拱："不打了，我打不过你。结个兄弟吧！"苕宝说，他一看就知道我练过功夫，书又读得好，文武双全，这个兄弟他一定要认。

在湖畔的那一年，苕宝常常跟在我屁股后面，我扳砖他帮我扳砖，我赶鸭他帮我挑棚。有时娟子她们要挑煤挑米，苕宝见了一定会抢过扁担送到场里。苕宝认定娟子是我女友，谁要欺侮她，抡起拳头就打。苕宝爱打架，还真不是因为性格暴躁，而是因为生命力膨胀，他常常觉得一身的力气没处使，劲一上来对着墙壁也要擂几拳。场里见苕宝喜欢打架，便用其所长，让他看湖守鱼守莲子，只要逮着下湖偷鱼摘莲蓬的，他不声不响当胸就是几拳，打得人家仰面倒地。只要我在场，喊一声"苕宝"，他便会收起拳头，挥一挥手放了被逮的农民。

后来，苕宝还是因打架被判了几年刑。娟子说，苕宝返城回津市，帮自己的兄弟争女朋友打群架，掏出刮刀捅伤了人。开初关押在湘南的一座监狱里，一天深夜，借着雷电交加的暴雨越狱，人没逃出去，腿却被看守一枪击中。政府将他换到了看管更严格的监狱，刑期也追加了好多年。究竟是八年还是十几年，娟子说她也说不清。

七

进入夏季，洞庭湖区的雨，一下便是夜以继日昏天黑地，十天半月断不了线。再有耐性的农民，也觉得这雨不能再下了，忍不住要拉开大门仰望天空，看看有没有一丝大雨停歇的征兆。

等不到雨水停歇，湖区已进入汛期。大堤外的涔河，山洪卷着整棵的树木、淹死的猪牛冲下来，在河心巨大的漩涡里沉浮。混浊的河水从大堤低矮处漫过大堤，向垸子里倒灌，披蓑戴笠的民工，小跑着从垸子里的台地上担土，把低矮的河堤填起来，堵住倒灌的河水。大堤的堤脚开始浸水，慢慢地变作管涌，河水混着泥浆一股一股地冒出来，民工们扛着装了卵石的麻袋奔跑，一袋一袋地压在管涌上。

远近的劳力都上了大堤，一段一段地分工镇守。白天口哨声此起彼伏，夜里火把和手电筒连成一片。衣裤上浸满泥水的民工，疲惫地钻进草棚，和衣倒地便睡。没人知道这一觉能睡一个时辰还是半个时辰，只要大堤上哨声一起，铜锣一敲，爬起来便往风雨里冲。

垸里的渍水，一个时辰一个时辰地上涨，淹没了稻田，淹没了莲湖，淹没了湖岸和台地。有经验的农户，将家里的柴米油盐和值钱的东西搬到木船上、腰盆里，家禽家畜则不论大小，一律抓来宰杀掉，腌在一口瓦缸里。知青们没有经历过水灾，先是把行李往楼上搬，等到渍水上楼，又往地势高的农家搬，等到台地上的农家也进了水，再往场里高高耸立的窑顶上搬。渍水倒是没有浸上窑顶，只是窑上的红砖经水一泡，涨断了箍窑的钢丝绳，哗的一声砖窑垮塌在渍水里，窑顶的行李和女知青一同淹在了水中。幸好洪嗲从大堤上偷跑回来，划了队里的大船赶到，将行李和女知青捞上船。朱伯啦连夜从公社跑到湖边，把知青们安置在大堤上的电排站里。

电排站已经住了不少山里来的民工，又挤进了垸子里被淹了房屋的农民，朱伯啦几脚踩开站长和职工的房门，让知青们搬了进去。望着知青们湿漉漉的行李和衣服，朱伯啦让站长找来几个电炉烘烤。站长说现在农电紧张，电力要用于排渍，不能用电炉烤火，朱伯啦哑着声音大吼："农田和房屋都淹了，还排个卵的渍！先帮他们烤干，弄病了知青老子拽你的毛！"

八

洪水退去，渍水退去，农田被重新播上了晚稻。在渍水里浸泡过的莲荷，又在阳光下撑直了茎秆，田田的绿叶将湖面遮盖得严严实实。紫的白的莲花，从密密挤挤的荷叶下钻进来，将硕大的花朵托举在阳光里，舒舒展展地打开花瓣，婷婷袅袅地摇曳在微风里。黄色的花蕊一丝一丝地竖起来，在阳光下泛起一道道金光。清新淡远的荷香，南风一拂，扑面而来，立足深吸却又一缕也闻不到。

夏夜的湖面，淡蓝的雾气轻飘飘地弥漫在荷叶和莲花之间。星光透过薄雾、荷叶的缝隙落进湖里，如一只只童稚的眼，清亮而柔和地眨闪。荷叶的碧绿和莲花的淡紫，浴在雾气里缓缓地浸漫开来，没有边际地向夜的深处漫延。青蛙呱呱地叫得卖力，似乎一定要盖过水边和岸上草丛里的虫鸣。水鸟倒是安静，悄悄地在荷叶下游动，只有偶尔的一两次鱼跃，弄出湖水的巨大声响，才惊得水鸟扑哧扑哧地冲出荷叶，嘀嘀地飞鸣向遥远的夜空。

湖的那面，有小提琴声传来，低回而婉转，似乎想打破湖畔的宁静，又似乎使湖畔静得更深幽。我知道那是齐华在拉琴，我想象他站在湖畔的月光下，身旁还有一个人，那是桑晨。齐华拉的是《梁祝》，一首欢愉中隐着悲伤和无奈的曲子。漫长的一个夏夜，齐华一直忘情地拉着这首曲子，我等着他换一首小夜曲，舒伯特或者谁的都好，可是那一夜，齐华和桑晨，还有这湖畔的夏夜，始终都在如泣如诉的旋律里……

九

因为去莲子场找苕宝，便时常和齐华、桑晨碰面。大抵平时苕宝与他们玩不到一起，加上上次打架两人也在边上，对我没有什么好印象，尤其是桑晨，见了点个头，算是打了招呼。

那次去苕宝宿舍，我手上拿了本《高尔基短篇小说集》。桑晨见了，问我看完了可否借她，我说这是看第二遍了，要看她现在就可以拿去。大约一个月后，桑晨来找我还书，我们在湖边走了很久。我问齐华怎么没来，她说回县城了，他舅舅好像出了一点事，不当局长了，齐华是被家里人叫回去的。桑晨其实没有必要告诉我这么多，她的坦诚拉近了彼此的距离。桑晨说我读书那么细，好些故事都做了眉批和尾批。我说反正闲着没事，再说也没什么好书读。高尔基会讲故事，是个真正的小说家。很多人以为把高尔基定位红色作家是抬高了，其实是把他看低了，鲁迅也是这样。桑晨坦言她没读多少书，没法比较这些作家，但她愿意听我谈论这些。

桑晨后来告诉我，她爱上齐华是因为小提琴。齐华平时腼腆拘谨，还有几分小心眼，但只要他一拉琴，便像换了一个人，全神贯注，挥洒自如，似乎自己便是这些音符的主宰，便是这个旋律王国的皇帝，不仅双目炯炯，脸上也似乎泛着一层光华。桑晨说她喜欢齐华的这种状态。原先他舅舅准备把他招进县里的文工团，现在恐怕不行了，他得自己考学，否则他就吃不了音乐这碗饭。

桑晨不像桃子和娟子，有那么精致柔美的五官、精巧柔和的线条、精细柔顺的个性。桑晨圆脸圆眼，鼻子挺拔，嘴唇肥厚而任性地噘起，丰满的胸部和壮硕的大腿向外喷射着生命的活力，加上开朗坦荡的个性，更像一个自由洒脱的男孩子。

齐华从县城回来，言语变得更少，工余便是拉琴，每晚都至深夜。夜里听着湖那面传来的琴声，反倒不如夏夜的顺畅舒展，我隐隐地觉得，齐华是在用琴声和自己较劲，心中似乎已经明白自己做不成某件事，但一定要逼着自己不撞南墙不回头。

那年高改，我报了文科，齐华报了音乐。齐华报了几所学校，都是小提琴专业未过。我上大学后，听说齐华又考了两届，每次还是专业分不够。桑晨和齐华是同时招回县城的，桑晨进了一家工厂，齐华进了商业系统。桑晨所在的工厂，没几年就倒闭了，父母亲找关系另外安排了单位，桑晨断然拒绝，坚决自己找了份生意做。齐华仍然喜欢拉琴，后来干脆组织了一个业余乐队，有人找便出个场，没人找便自娱自乐。所谓出场，也就是在别人家的红白喜事上拉一拉。

婚后的生活颇似湖水，平平静静没有大波澜。平日里，两人也有争吵，大多因为齐华心眼小，桑晨又大大咧咧惯了。离开湖畔后，我一直没有见过桑晨和齐华，倒是碰到过一回桑晨的母亲。她匆匆忙忙地和我打招呼，说是要送桑晨的孩子去学琴。老人家说："孩子学琴出路窄，能学出来的没几个，学不出来人就废了。可是桑晨倔得很，一定要逼着孩子学琴，还非得在外面请老师，齐华教她都不同意。"

十

我的大学录取通知，是娟子从镇上的邮局带回来的。

娟子站在河堤上，扬着手中的信封高喊："毛子考上大学了！毛子考上大学了！"正在稻田里扯草的知青们，一个个爬上田埂，带着两腿泥巴奔上大堤，围着娟子把装通知书的信封传来传去，

我独自站在大堤上，
回望阳光下无边的稻田和莲湖……
我第一次被湖畔的景色感动得隐隐心痛，
双眼情不自禁地潮润起来。

我独自站在大堤上，

回望阳光下无边的稻田和莲湖……

我第一次被湖畔的景色感动得隐隐心痛，

双眼情不自禁地潮润起来。

最后递到了我手上。我拆开信封，还没来得及看内容，又被尤矮子一手抢过去，举在眼前一字一句地念起来。

知青们散去后，我独自站在大堤上，回望阳光下无边的稻田和莲湖。水渠上挺拔的水杉和摇曳的垂柳，将稻田围成一个个正方形的小垸子。垸子里满畈的稻禾正在抽穗，微风吹过去，青绿的稻穗沙沙作响。莲湖的花事已谢，褪去了花瓣的莲蓬，拳头似的高举在荷叶之上，仿佛是在引颈眺望采莲的姑娘。有两头尖尖的小船，从铺满荷叶的湖面撑过，在荷叶间犁出一道道碧绿的波痕。阳光纯净得透明，似乎连垂柳上的蝉鸣也容不下，白得发亮的云朵，静悄悄地卧在遥远的天边，全然没有飘来湖畔的意思。洪嗲家的银杏树，舒展的冠盖阔大得像一座绿色的岛屿，隆起在微波荡漾的湖畔……

我第一次被湖畔的景色感动得隐隐心痛，双眼情不自禁地潮润起来。人生的改变其实已在预料之中，告别娟子、茗宝一帮朋友，亦不至于让我心生感伤。或许，还是因为湖畔，因为这早秋里湖畔空寂的景色，因为湖畔这惆怅得不忍言说、纯净得不忍别离的年少时光……

2017 年 12 月 15 日于抱朴庐

日子疯长

梅大伯

梅大伯跟父亲是同事，父亲在镇完小他在镇完小，父亲调县五中他调县五中，加上平常喝酒抽烟黏在一起，有点臭味相投，穿一条连裆裤子的意思。那年红卫兵在教学楼上刷标语，也"火烧""油炸"地把两人写在一起，仿佛真是一对为奸的狼狈。

过细想，父亲和梅大伯并没有什么相像的地方，他们能惺惺相惜二三十年，还真不是因为相类而是相异。

父亲瘦，瘦得像只猴；梅大伯胖，胖得像头猪。两人去镇上喝酒，父亲走路快，到了码头边的酒馆里，花生米吃了两碟，梅大伯还肥猪似的在青石街上慢慢拱。

父亲穿着讲究，即使是补丁打补丁、洗得发了白的旧衣裳，依然洗了要上浆，穿在身上抻抻抖抖；梅大伯穿戴极随便，早上起来，抓着哪件是哪件，一套衣服能连穿个把月。老婆捎来的新衣衫，套在身上没半天，便揉成了一把酸腌菜。

父亲说话文雅，虽不一天到晚之乎者也地卖学问，但一篓话里挑不出半个脏字来；梅大伯说话粗野，一句话里能卵呵逼地吐出一串荤词。学校新来的女老师，无论老少，和他说不上三句话，便会羞得一脸通红。

父亲为人大方，老家捎来的水果，学生送来的鱼虾，见者有份，两人便二一添作五，三人就三一三十一。如果梅大伯不在场，父亲还会匀出一份留给他。梅大伯做人小气，一碟花生米，也要十粒二十粒分作好几份，收在那里长出了红花绿霉，才心碎肠断地倒掉。乡下老婆带来一篮咸鸭蛋，梅大伯一天只准煮一枚。煮好切成五六瓣，从早到晚吃一天。一次弟弟去了他宿舍，盯着咸鸭蛋不肯走，梅大伯挑了半天挑出一块给弟弟，上面竟没带一点蛋黄。临走拉着弟弟交代："妈逼的咸鸭蛋吃完了呵，半个都没有了！"梅大伯一是怕弟弟跟人讲，二是怕弟弟吃饭时再来。

梅大伯家在乡下的山里，距学校四五十里山路，靠了两条腿，起早摸黑要走一整天。不到寒暑假，梅大伯懒得吃这份苦，宁愿窝在学校打光棍。梅大伯的老婆到学校来得稀少，来了也就两三天，把床上的被套蚊帐、墙角的衣服裤子洗净晾干，天不亮便打转回了山里。

传说梅大伯的老婆是童养媳，大他六七岁，因此梅大伯便不冷不热了半辈子。论模样,乡下女人倒是长得眉目清丽,脸庞干净,一头青丝又黑又密,绾在头上妥妥帖帖,看上去反倒比梅大伯年轻六七岁。学校里年轻的女教师见了,私下议论说:"一朵鲜花插在牛粪上。"

梅大伯是学校领导,具体什么职务,没人说得清。副书记?副校长?好像什么事都管,又好像什么事都不管。有人觉得他古道热肠,有人觉得他狗咬耗子。碰上帮忙不成反添乱的时候,大家也一团火窝在肚子里发不出来。一个年轻的大学生刚分配到学校,斗了胆子问校长:"麻大伯到底是什么职务?这里插手那里插手,人五人六的样子!""你说他不该人五人六呵?他1949年前就入了党呢!那时你怕还在穿开裆裤。"校长也说不清梅大伯该是什么职务,但梅大伯是老党员,他是翻过档案的。

梅大伯是任课教师,具体教哪门课程,同样没人说得清。语文老师请了假,他申请去顶语文,数学老师生了病,他要求去顶数学。梅大伯走进教室,不在黑板上写一个字,劈头盖脸便宣布:这堂课的内容是从哪页到哪页,先自己看,看不懂的互相讨论,讨论还不懂的再问老师。等到快下课了,他问学生有什么不懂,学生急着下课,齐声回答:"都懂了!"也有学习认真的提出问题,他让学生写成纸条,积到一两个星期再找任课老师做一次解答。期末考试,学生的成绩倒也未受什么影响。不管代哪个年级的语文,梅大伯请的答疑老师,必定是父亲。

梅大伯则将学生带到学校食堂的猪栏边，自己爬进栏里，抓住一头十多斤重的小猪……

拿出一柄锈迹斑斑的小刀……

梅大伯则将学生带到学校食堂的猪栏边，

自己爬进栏里，抓住一头十多斤重的小猪……

拿出一柄锈迹斑斑的小刀……

梅大伯喜欢上的课是体育和生物。他上体育课，便是把学生聚到操场，圈成一圈赶绵羊。先是他做羊让大家赶，然后是他赶大家，一堂课赶得学生汗流浃背、心花怒放。

生物课那时主要是学农，别的老师上课，也是把学生往田边地头带。梅大伯则将学生带到学校食堂的猪栏边，自己爬进栏里，抓住一头十多斤重的小猪，让男生帮他按在地上，然后掏出一个黑乎乎的油纸包，拿出一柄锈迹斑斑的小刀，往小猪肚子上猛地一扎，扎出一道半寸长的口子，两根手指探进去，在猪肚里掏出一朵粉红色的肉花，一刀割下来，顺手抛到屋顶上，再用清水在伤口上拍一拍，将小猪放回栏里。学生担心小猪感染死掉，天天跑到猪栏去看，看到每头阉过的小猪都活蹦乱跳，大家便佩服起梅大伯来。别的老师都只能讲理论，只有梅大伯可以阉猪，而且动作利落洒脱，比语文老师写得一手好字还神气。那几届的学生中，有好些后来考上了农学院，聊起中学时代印象最深的一堂课，不止一个人说，是梅大麻子上的生物课。

梅大伯就叫梅大伯，不是学生或晚辈对他的尊称。因为长得圆圆滚滚，看上去像个冬瓜，再加上一脸绿豆饼似的麻子，的确不是一副让人肃然起敬的派头。老师学生私底下，不是叫他麻大伯，就是称他梅大麻子。父亲当面叫他麻大伯，他倒也不生气，乐哈哈地照样找父亲要烟要酒，"一脸麻子长在脸上，还能藏到裤裆里？人家喊喊也不会多出几粒。"

当面敢叫麻大伯的，学校还有一个人，就是新来的大学生。大学生是个长沙伢子，戴副金丝眼镜，长得清瘦，说话斯文。一到篮球场，便生龙活虎换了一个人。每回大学生打球，梅大伯都会到场，倒水递毛巾，比谁都热情周到。和梅大伯一样每场必到的另一个人，是学校年轻的女音乐教师，每当大学生投中一个远篮，她那银铃般的喝彩声便响彻整个校园。球赛一完，大学生和女教师匆匆离场，梅大伯只能提着热水瓶在操场发呆。

一晚赛完球，梅大伯跑进小镇喝酒。夜半酒酣回校，碰上大学生和女教师搂在桑园里。那天正好满月，一派清辉之下，涔水波光粼粼，桑园夏虫唧唧。大学生和女教师沉醉在天地诗意与男女情欢中，不料被梅大伯晃悠的脚步和粗鲁的喘息侵扰。望着梅大伯摇摇晃晃的背影，大学生狠狠地骂了一声："麻大伯。"

次日午餐，梅大伯将大学生堵在食堂门外，趁着四周没人，一脸庄严地对大学生说："那东西再硬也搞不得这个女人呵！搞了会有哆嗦呢，她是军婚！哪个男人那东西不硬？再硬也要忍住！"大学生气愤得咬牙切齿，差点没把饭盆扣在梅大伯头上："麻大伯，少管闲事，莫非你癞蛤蟆想吃天鹅肉？！"

大学生果然搞出了哆嗦事。没几个月，女教师肚子隆起来，再宽再大的衣服也遮不住。那时候打胎要单位出证明，大学生便撬开学校办公室的窗户，翻箱倒柜找公章，差点被巡校的抓住。大学生知道自己闯了大祸，破坏军婚加上偷窃公章，两罪相加不仅工作不保，说不定还有牢狱之灾。万般无奈，大学生写下一纸遗书，塞进女教师宿舍的门缝，一跃跳进了涔水。

第二天，公社来了好几个人，围着学校找大学生。梅大伯走过去，说办公室是他撬开的，女教师的肚子是他搞大的。人们一听奇了，再一看他的样子，以为是个精神病。梅大伯见没人相信，急得一脸麻子通红："我喜欢她几年了，看见大学生和她谈恋爱，我没忍住，跑到她房里把她搞了。我知道她是军婚，搞她要坐牢，我没搞我能认？莫非我是哈卵？"虽然将信将疑，公社的人见梅大伯言之凿凿，便将人带走了。父亲看着梅大伯走出校门，立马去了女教师的宿舍，把梅大伯说过的话，原原本本地重复了一遍。父亲是在告诉女教师，公社人问讯时，她和大学生该怎么应答。

事发的先天晚上，梅大伯去过我家，将从水中救起的大学生交给父亲，说了要去顶罪的想法："人家养个大学生不易，学校来个大学生也不易。把他抓去判几年人就废了，出来还有卵用！我在学校是个闲人，关几年出来依旧是个闲人，照样喝酒吃饭，照样大麻子一个。"

公社后来弄清楚，女教师只是和远在西北服役的一个排长相过亲，并没有拿证办酒，梅大伯的罪，也不好硬往破坏军婚上靠。女教师也不说是强奸，人往县里交不上去，关在公社三四个月，要吃要喝要人看守，反倒成了一个包袱。公社的书记一咬牙："放了吧！快活了这筒麻卵，搞了那么水灵的一个姑儿！"下面的人听了，差点没笑出声来，因为书记自己也是一脸大麻子。

梅大伯回到学校，女教师不仅没有道声感谢，反倒当着好些人，打了梅大伯两个耳光："哪个和你睡过觉？麻起一张脸胡说八道！"老师们觉得女教师恩将仇报，为梅大伯抱不平："要不是梅大伯出来顶罪，她那孩子就得生下来，谁还要她呵！"梅大伯却一面和父亲喝酒，一面笑兮兮地说："打两下就打两下吧，我这张麻脸，还没亲近过几个女人，就当是被一个标致女人摸了吧。"

没多久，女教师真的和排长结了婚，随军去了大西北。过了三年后，大学生也调回了长沙，在一所大学里教化学，后来很年轻就当上了教授。

"文革"一开始，这件事又被翻了出来。父亲是骨干教师，理所当然戴上了"反革命学术权威"的帽子，梅大伯领导算不上，教师也算不上，只好定了个"反革命强奸犯"。起初还只是刷标语贴大字报，并没有关押批斗。梅大伯感觉到阵势不对，心想"三十六计走为上"，便一溜烟跑回了乡下。没两天，梅大伯又跑回了学校，一面在学校晃晃荡荡，一面和李伯一起鼓动父亲逃走。等到父亲从学校后门逃出来，消失在茫茫的夜色里，梅大伯却落在了红卫兵手里，连夜绑着他在小镇上游街，胸前的牌子上，除了写着"反革命强奸犯"，又添上了"反革命协助逃跑犯"。

听母亲说，梅大伯受了很多罪。有一次，红卫兵拿了石片在他脸上刮，说是要把他脸上的麻子刮下来，刮得一脸血肉模糊。

后来梅大伯还是逃走了，红卫兵追到他山里的老家，追到他所有亲戚的屋里，都没有找到他的影子，只得认定，"梅大麻子畏罪自杀"。父亲逃跑返校后，四处打探梅大伯的下落，甚至几次跑到他山里的老家，都只见到了他的老婆和儿子。

梅大伯的老婆告诉父亲，梅家当年的底子不薄，十几石旱涝保收的田土，三进三院的瓦屋。只是梅大伯生下来就是个孽障，打小死活不肯读书，发蒙的先生戒尺打断三四根，还是在课堂上坐不住。父亲把他送进县城的洋学堂，心想或许能变好。结果还是乌龟变团鱼圆脱圆（原脱原），成天和街面上的人进餐馆、下赌场。父亲遣人将他绑回家，又娶了一门童养媳的媳妇，以为可以拴住他，到头来反而变本加厉，十天半月不回家，回家便是卖田土。梅家只有这一个儿子，父亲死了心，由他去败这份家产。临近1949年，老人过世，田土、房屋也都卖完了。也多亏了梅大伯，如果不是他把这个家败了，土改划成分，必定划个地主，那后来的日子也就惨了。父亲问起梅大伯入党的事，她说当年与梅大伯混街面的人中，也有地下党的，他们与他赌钱，有些做了活动经费。地下党见梅大伯仗义，家里又有些钱财，一商议便拉了他进去……

父亲准备调往津市的那一年，梅大伯突然回了学校。学校让他恢复公职，他摇摇头断然拒绝："我在学校还能干什么呀？混了一辈子，都土埋半截的人了，还混呵？在家里种点地，图个心安实在。"

父亲拉他到码头边的酒馆，梅大伯一边斟酒一边感叹："我原本是个大手大脚的人，等到把家败了，才想到捏紧巴掌过日子，到头来得了个小气抠门的名声，家却没有富起来；我原本厌烦读书，小时候卵都玩脱，玩到成年才觉得没有文化不行，选个学校待着，以为能补点墨水，到头来还是斗大的字认不了一箩筐。你猜我这些年躲在哪里？躲在当年一个赌友那里，他在城里捡荒货，我跟着他每天在垃圾堆里爬进爬出，扒一爪吃一嘴，钱没攒到，人却自在。"

父亲说："时局变了，人想改变也是常理。变得过来变不过来，其实差不多，想明白了，万变不离其宗。当年你混街面，靠的是一份义气；后来你想不混，正正经经做个人，还是靠的一份义气，大学生和我，不都是你救下来的？"

"唉！也讲不清到底是义气还是哈卵！这回本不需要再回来了，怎么就觉得你会惦记。学校里没人还记得我，除了你！或许你也不记得了，但我觉得你会记得。讲透了还是为自己。那年我出来顶罪，其实也是为自己。你以为我不想那个女老师？想呢！难道你不想？我只是一张麻脸，想也想不到。我好恨那个大学生！他们搞出了哆嗦，我就站出来了，觉得是为自己想的女人做了点事，也想日后她或许会感激我。没想到一出来她就扇了我两巴掌！她有她的难处，我也想得通，但心里还是像被狗咬了！心想你不就是长得好点，老子搞不到，还不是有人搞！人跟人有多大的不

父亲拉他到码头边的酒馆，
梅大伯一边斟酒一边感叹：
「我原本是个大手大脚的人，
等到把家败完了，
才想到捏紧巴掌过日子……」

一样呵？

"我逃脱了又回来，催你逃走，其实也是怕你被整死。你那么瘦，经不住整。我只你这么一个朋友，你死了，就一个把我当人的都没有了。老婆和儿子被我害得苦，哪里会把我当人看？这回我来看你，其实也是看你还认不认我这个朋友，还把不把我当人看。

"细想我还是个哈卵！我不来你以为我死了，还留个义字在你心中，你还把我当个人。我来把这些事说透了，你反倒把我看扁了。如果不是我那收荒货的朋友死了，我还有他那个朋友，我也就不来了。他一死，我就立不住了，我就要看看这世界上我还有没有朋友。我就是这个想法，你说是义气还是不义气呢？义气这两个字，想不清也讲不明白……"

父亲告诉我这些话，是在几年之后。那次父亲病得重，母亲让我赶回津市，担心父亲躲不过这一劫。我坐在病床边，等着父亲睡醒来，怕他有什么后事交代。没想到父亲给我说了前面这番话。父亲说得很细、很动情，像平时在课堂上朗诵课文。病中原本虚弱，父亲一口气说了这么多话，激动得一脸潮红。在这样一个时刻，意外说上这么一番话，父亲到底想告诉我什么呢？这事我想了许久，一直没想明白。或许父亲自己也没想为了什么，只是觉得这番话他憋在心里好难受。

从医院回来，父亲说那次和梅大伯见面，两人只顾了说话，没喝什么酒。带去的两瓶酒，剩下一瓶多，分别时他让梅大伯带走了。

听到梅大伯过世的消息，是在他下葬几天之后。报告死讯的是父亲早年的一个学生，也是梅大伯山里的同乡。他说赶到梅家时，灵牌前供着两瓶白酒，一瓶没有开过，开过的还剩下大半瓶……

2017 年 9 月 9 日于抱朴庐

○

日子疯长

我的朋友吴卯泡

吴卵泡说，他是我儿子的朋友。他们拉钩盟誓互认朋友的那一年，儿子三岁，吴卵泡三十六岁。

"卵泡"在湘西是个荤词。湘西人彼此称卵泡，一定是大块吃肉大碗喝酒大声骂娘的铁兄弟。若是泛泛之交，你趁着酒兴或跟着他人叫了卵泡，对方必定眼睛一瞪酒碗一摔，跳起脚来操你祖宗八代。

只有吴卵泡，他是一个例外。

老朋友新朋友，谁叫吴卵泡，他都乐癫癫地一脸笑，喝酒便喝酒，抽烟便抽烟，初次见面也能荤段子一扯大半天。日子一久，大名没人记得起，生人熟人提到他，顺口而来"吴卵泡"。

分配到大学教书的头一天，便有人跟我提起吴卵泡。那时吴

有一回，

两人到县城吃消夜，啤酒喝了二十多瓶，

待到算账买单，口袋一掏分文全无。

摆夜宵的摊主揪住不放，

推推拉拉动了手，最后惊动了派出所。

卵泡还待在山沟里的一所中学教书。因为爱好写作，偶尔也在刊物上发点散文或小说，于是在湘西一带的文学圈里有点名头。文人相轻，朋友们认他，倒不是说他写作多么出色，只是说他为人仗义，说话风趣。五湖四海的人，只要说是搞文学的，无论名头大小，他一概热情接待。先大酒大肉地把自己的钱花完，然后扯着身边的兄弟掏口袋买单，实在没有什么人好找了，就在学校的食堂里有啥吃啥。只要客人不开口说走，吴卵泡便管吃管住到底。

当时，学校里教写作的是一个平反右派，姓胡，据说当年在北大也算个才子，毕业后留校教留学生。因为没管住嘴巴，被直接从课堂上拉到牢里蹲了二十年。"文革"后学校延揽人才，将他从四川乡下挖了出来。胡右派的第一堂课，是上给吴卵泡那个班的，其时吴卵泡是学校的大二学生。胡右派提了个竹篮子走上讲台，从篮子里拿出一本讲义，学生见了哄堂大笑。因为吃了嘴巴的亏，之后的二十多年，胡右派大概加起来没说上百十句话，如今站上讲坛，原本不知怎么开口，学生一笑，更是急得一脸通红，说不出一句话来。胡右派在台上越窘，学生在台下越闹，你一言我一语轰胡右派下课，吴卵泡一个大步登上讲台，厉声呵斥："吼！吼！吼！吼个卵呵！人家二十年没说过话了，让他缓一缓歇口气会死呵？！当年北大教外国人的老师，还教不了你这个卵大学的学生？！"那时吴卵泡刚在刊物上发了篇豆腐块散文，在班上调子高，他一吼，教室里便鸦雀无声了。从此，胡右派对吴卵泡感恩戴德，差点没两腿一跪，在讲台上给他磕个头。

吴卵泡毕业后，胡右派时不时跑到乡下去看他，每回都是清清白白去，醉醉醺醺回。有一回，两人到县城吃消夜，啤酒喝了二十多瓶，待到算账买单，口袋一掏分文全无。摆夜宵的摊主揪住不放，推推拉拉动了手，最后惊动了派出所。民警问："没钱你去吃什么消夜？"吴卵泡答得振振有词："我老师来了，没钱未必就不招待！"民警没见过这么不讲道理只讲人情的，当即把吴卵泡放了。摆夜宵的还想啰唆，民警将手铐往桌上一拍："几个卵钱呵？学学人家，情义值千金呢！"

经胡右派鼎力推荐，吴卵泡被调回了学校，分在胡右派名下当助教。

吴卵泡回到学校，没带一件像样的东西，手上提个蛇皮袋，身后跟了个背背篓的矮个子女人。学校分给吴卵泡的住房在伙房边上，过去是给厨师住的简易木板房。从房间的板壁缝里看出去，外面是堆成小山的黑煤渣。屋顶盖的不是瓦，是那种冬冷夏热、雨夜滴滴答答响到天明的洋铁皮。吴卵泡报到是在暑期，走进屋子，热得像个火炉。吴卵泡只穿了一条乡下裁缝做的大腰短裤，细细高高的身子套在松松垮垮的短裤里，像个演马戏的小丑。吴卵泡一边拿着毛巾擦汗，一边笑嘻嘻地调侃："有个地方干那事，不用去山上打野炮就可以了。"

随后吴卵泡告诉我，身边这个矮个子女人，是他在县里开笔会时弄上的。吴卵泡在台上讲写作,当幼师的女文青在台下目不转睛地望着。晚上幼师来房间拜师,天一句地一句扯到半夜还没有想走的意思,吴卵泡看同住一屋的已经睡了,便带幼师上了山。吴卵泡就势将幼师拥倒在草地上,酣畅淋漓地把事干了。等到搂裤子起身,吴卵泡看到旁边不到两尺的地方,两条蝮蛇纠缠在一起,也在朦胧的月光下干那事,吓出来一身冷汗。心想要是躺得偏一点,说不定就为酣畅淋漓的野炮献出了宝贵的生命。吴卵泡暗自发誓:日后再怎么熬不住,死活不能打野炮!

大约过了一个月,吴卵泡跑到后勤处,死缠烂打要换房,说先天晚上正和女人干那事,一个炸雷落在铁皮屋顶,差点没把人吓死!自己那东西,到现在都软软的,怎么弄都挺不起来。要是就此废了,岂不断子绝孙?没想到在屋里打家炮,比上山打野炮还要危险和恐怖……管房子的为其所动,虽然没有为吴卵泡换房,倒是拆了他的铁皮屋顶,换上了油毛毡和杉木皮。

学校窝在大山里,师资缺得厉害。我和吴卵泡一帮助教,被学校赶鸭子上架逼上了讲台,各自独自讲授一门课程。吴卵泡讲的是文学与创作。因为有些写作体会,加上能将乡下俚语、民间荤故事水乳交融地融入授课,吴卵泡上课大受追捧,不仅本班学生早早跑进教室占座位,外班外系的学生也跑过来,扒在窗外听讲课,弄得好些老教授跑到学校去告状。

那年月,只要是所大学,不管有无文学系,都会有好些沉迷写作的学生，也会有好些文学社团。虽然社团的发起人都想自立为王，却都想举了吴卵泡这面旗帜：一来吴卵泡在文学期刊有人缘，可以为学生推荐作品；二来吴卵泡生性好客，隔三岔五将学生叫到家里吃肉喝酒，只要酒碗一端，吴卵泡便不拘师生礼仪，和学生称兄道弟醉成一团；三是吴卵泡乐善好施，哪个学生生病或月底少了饭票，他都会把口袋掏个底朝天。看着每天一群群学生跟在吴卵泡屁股后疯进疯出，栽过筋斗的胡右派为之捏一把汗，见面便对吴卵泡说："枪打出头鸟呢！"吴卵泡听了，也躲避学生两三天，忍不过一个星期，又是找学生喝酒，又是山高海阔地侃文学。

胡右派见劝说无效，便时常将吴卵泡喊到家里来喝酒，免得他天天和学生混在一起。胡右派的老婆也是四川人，经人介绍，嫁给了比自己大二十多岁的胡右派。吴卵泡平常见了，都恭恭敬敬地喊声师娘。师娘不仅做得一手好川菜，人也长得腮粉齿皓、臀翘胸鼓，走起路来腰似拂柳，说起话来眼含秋波，校园里的男人，都说胡右派艳福不浅。吴卵泡被邀，师娘每回都倾情款待。假若醉了，师娘又是西瓜又是糖水，伺候得比胡右派还贴心贴肺。一年春节，胡右派独自回川过年，师娘将吴卵泡叫到家里，一杯一杯地敬酒，接着便一把鼻涕一把泪地哭诉：胡右派人老功夫差，一年到头做不成几回事；胡右派人穷心气短，一年到头给不了几个零花钱……哭着诉着，师娘便倾倒在吴卵泡怀里。吴卵泡虽有醉意，心里却守着防线，立马站起身来："你是我师娘，要对得住我先生！不然我会告诉先生的！"

这事吴卵泡大抵并未告诉胡右派。后来胡右派教过的一个留学生，做了匈牙利驻华大使，邀胡右派过去游玩，胡右派觉得这事面子大，欣然前往。临行胡右派置酒，郑重其事地将老婆托付给吴卵泡，并悄悄地告诉他：自己不会再回学校教书了！

没几月，校园里传出绯闻，说胡右派的老婆和食堂里一个年轻厨师混上了。吴卵泡受人之托、忠人之事，便去食堂找厨师理论。谁知厨师年轻气盛，不等吴卵泡开口，当胸便是几拳。吴卵泡不仅挨了打，还被说成是争风吃醋。这事让吴卵泡郁闷了好些日子。一回喝了酒，吴卵泡将师娘勾引的事告诉我，半醉半醒地赌咒发誓："我吴卵泡要是干了这等有悖伦理的事，老天不容！"

假绯闻未了，吴卵泡又惹上了真绯闻。又是一次文学笔会，吴卵泡遇上了一位稍有姿色的女文青，据说是一个工厂的文艺干事。

会址选在浦市，那是沅水上游一个颓圮的古镇。当年，沈从文随军阀辗转沅澧，就是在这个小镇的码头边，遇上了《边城》里翠翠的原型。吴卵泡带着这位在古镇偶遇的"翠翠"，访会馆，谒深宅，在石板老街上寻找沈从文曾经迷恋的绒线铺，探望张学良曾经被关押的古院落。大江东去，残阳如血；人事已非，古镇依旧……吴卵泡到底没有抵挡住历史人文与激荡青春的两面夹击，在当年见证过张学良将军困厄岁月的那片橘红园里，又生生死死地野了一炮。

如今他已不大和学生黏在一起，

每天把女儿三千顶在肩上东串串西逛逛，

一口的荤故事说得人前仰后合。

吴卵泡与矮个子女人的分离办得十分纠结。倒不是先前的女人有多么难缠，也不是财产的分割有多大歧异，而是吴卵泡自己在两个女人中难以割舍。一会儿觉得对不住旧人，一会儿觉得有负于新人；一会儿决定舍弃旧人，一会儿决定解脱新人，翻来覆去三人纠缠了一年多。大概也就在那段日子，吴卵泡患上了严重的高血压，自己却浑然不觉。

或许，那是吴卵泡身心最虚弱的时点，他却就在这个时点上卷进了学潮。吴卵泡自己一身虱婆捉不完，原本无心关注身外的事情，是平常一起喝酒的那群学生，将他从家里拖出来，推进了游行的行列。吴卵泡行进在群情激愤的队伍中，由萎靡而亢奋，由迟疑而决绝，原本就在的影响力和突然迸发的壮烈感，将吴卵泡推拥到行进队伍的最前头……

人与历史，每个人都将以自己的方式兑价。吴卵泡的兑价是离开了讲台，在学校做一些校工的工作。

一天，吴卵泡在校门口碰到我四岁的儿子。儿子没有像平素那样叫他吴卵泡，也没有叫他朋友，而是冷冷地叫了声："反革命分子！"吴卵泡先是一怔，然后一言不发悻悻离开了。之后吴卵泡不再与学生聚餐，也不参加校园里的文学活动。白天和校工一起做事，夜晚和校工喝酒打麻将，每每通宵达旦。家里的事情，他三下五除二利落地厘清了，离旧娶新，继任者很快便有了身孕。临产那天，吴卵泡还在麻将桌上激战，刚好开出一个杠上花，便有人来报：生了一个女儿。吴卵泡觉得兆头大好，便脱口而出叫了女儿杠上花。后来女文青出身的母亲觉得不雅，吴卵泡便改了一个大雅的名字——吴三千，取白居易"三千宠爱在一身"之意。

那时我已离开学校，在山东攻读硕士。朋友们信中告诉我，吴卵泡已恢复教席，只是如今他已不大和学生黏在一起，每天把女儿三千顶在肩上东串串西逛逛，一口的荤故事说得人前仰后合。研究生毕业后，我回学校搬家，准备迁去省城工作。吴卵泡顶着三千来家里送行。我劝他潜下心来写点东西，千万别荒废了自己的才情。他说了好几个正在构思的故事，听上去信心满满。

期待中，我在杂志上读到了他的新作，那是一篇写我儿子的散文，题目是《我的朋友某某》。文字一如既往地轻松和喜感，吴卵泡式的幽默，甚至让人忍俊不禁。掩卷品味，其中似乎又多了一份不绝如缕的凄凉。我想，人过四十，又经历了这些家庭与事业的变故，生出些许人生的凄凉感倒也正常，于其写作，未尝不是一种沉淀和升华。我盼望着他能将那些给我讲述过的故事写出来，相信会比过去的作品多一份悲剧情愫。

一天深夜，朋友打来电话，说吴卵泡死了，死于他一直没有警觉没有治疗的高血压。朋友说他是来省城跑职称的，他觉得自己这个年纪还是个讲师，就像人过半百还是一个生员，说出来都丑人。为了这次能评上副教授，吴卵泡四处拜访评委，在烈日下奔走了一整天，回到学校的办事处已大汗淋漓。出门前吴卵泡约好了一桌麻将，朋友应约在桌边等他，他说冲个澡就上桌。朋友们听着淋浴间的龙头一直哗哗地流水，却听不见吴卵泡的任何声音。推门一看，吴卵泡已倒在地上，赤身裸体躺在积水里。医生诊断，吴卵泡是突发脑溢血，没有抢救的时间。

　　曾经与几位朋友商议，把吴卵泡的作品收拢来，给他出个集子，圆了他的写作梦。翻来找去，发现吴卵泡的作品远比想象的少，怎么也凑不够一本书的容量。我将能找到的作品细细读过，平心而论，这些二三十年前吴卵泡引以为荣的作品，其人物不如他自己率性有趣，其命运不如他自己耐人寻味。搞了大半辈子写作，吴卵泡最令人惦记不舍的作品，大抵还是他自己……

2017 年 7 月 25 日于抱朴庐

于我，本书的写作和出版，确系"无心插柳"。

前年年底的一个周日，阳光很好，好到初夏般灿烂。我靠在书房的落地窗前，浴在阳光里翻阅鲁迅先生的手稿。看着先生那一行行典丽而厚重的笔迹，突然觉出我辈敲击电脑的无聊。想到当年鲁迅、从文诸先生，都是凭一管毛笔，写下逾千万字的著作，便情不自禁地拿起毛笔，在书桌上写画起来。开始是抄诗，慢慢觉得无趣，之后想到一个题目，便一气呵成写了一篇文章。

几日后，水运宪来书房聊天，无意间看到书桌上的手稿，说："我拿去发了吧！"我告诉他，这是信手写下来的，登不了大雅之堂。他似乎没有听见，出门时还是带走了稿子。这事我没上心，几天后便忘得一干二净。

过了两三个月，水哥又来书房，随手扔给我一本《湖南文学》。翻到目录页，果真有署着我名字的《凤凰的样子》。水哥问还写了什么，我拿出一摞手稿给他，他竟然又埋下头来读了。读完将手稿一卷，说他都拿出去发了。我让他别把这事当真，我那是为了练字，出不了什么像样东西。水哥见我这般不上心，倒是认真起来："曙光，你要相信我，这些散文真的不错！每年出的散文虽然多，难得看到几篇像你这样让人眼睛一亮的文字。"水哥是著名作家，其鉴别力我当然不会怀疑，我是怕他多少为了照顾我的面子。后来，一位不曾谋面的作家，将《凤凰的样子》发到了一个散文公号上，竟然一连几天刷屏。

再后来，龚爱林也看到了这些文字。他让我把尚未正式发表的全交给他，他推荐给文学期刊。爱林是省作协的党组书记，凭人脉也能将这些文章发出去。但我脸皮薄，不想吃一碗人情饭。爱林觉得我误解了他，很有几分生气："我也有面子呢！不好的东西我能拿出去推荐？再说，推荐新作者也是我的职责！"不久，果然好多家期刊发了我的稿子。

偶然的机会，我认识了新星社的以宁。其实她过去在我手下工作，只是无缘相识。如今她已是新星社文学部主任，好些炙手可热的文学书，都是由她推出来的。我发了几篇散文给她，没两天，她回信息给我，"晨读您的挚文，深深感动，清泪长流"，并说稿子已列入 2018 年重点选题，希望我尽快将书编好给她。过了一天，以宁又将她先前的日记拍了发过来，似乎是为了证明，她所表达的都是真实的阅读感受："晨读龚曙光先生散文数篇，至真，深诚，从生命底部淌出……《大姑》《我家三婶》等文字不仅是文字呵，它们是灵媒，连接和聚集那些朴实而又飞翔着的，真切而又梦幻着的，既经得起苦难的折磨，亦受得住光芒灼耀的生灵。"这部书稿虽然最终没在新星社付梓，最早提议结集出书的还是以宁。

之后，张炜来长沙修改新作《艾约堡密史》，佘璐把《我家三婶》等散文发给了他。返鲁途中，他一直在阅读这些文字。随后他发来短信："你这些散文，我实在喜欢"，并应允为之作序。他甚至就集子选什么规格的开本，用什么风格的插图，都一一做了建议。

回到济南，张炜又将这些文字推荐给了人民文学出版社。臧永清社长慨然接纳，并当即把编务交给了《当代》编辑室。令燕主任、新岚副主任联袂担纲编辑，并于次日与我见面。她们摆下了手头的繁冗工作，集中精力审读、编辑这部书稿，节奏之快，效率之高，大大出乎我这个业内同行的预料。

书稿既成，我求教于秋雨、浩明、少功、残雪、洪晃、汪涵等朋友，请他们读读稿子。他们不仅耐心阅读了书稿，而且欣然写下了自己的推荐语，为我这个"文学新人"隆重站台……

所以如此琐碎地记录文学友人对这些文字的奖掖和推荐，只是想告诉读者，本书如果没有他们的发现、肯定和推动，这些文字，大概永远只是一摞杂乱的毛笔手稿，未来某天清理书房，或许就付之一炬了。此事让我意外地认识到，世上所谓的"无心插柳柳成荫"，实在是因为背后还有一大群"有心栽花"的园丁在。

其实，在读者看到本书前，书中的每一篇文字，都已经有了一群更早的读者，是他们有好说好有坏说坏，真诚地推动着我一篇接一篇地往下写。

首先是我的夫人周丽洁。每篇文章写完，不管是深夜还是清晨，她总是第一个捧着手稿阅读的人。虽然并不是每篇文字她都喜欢，但她总是告诉我："你的文学才华是一流的，其人物白描和风物摹写的能力，不让许多大家名作。"我当然明白，这是一位妻子对丈夫的鼓励，但她那种真诚而坚定的信任，的确是我写作原初的动力。

还有我的同事，兆平、子云、龙博、梁威、隽青、刘洪、王勇、正举、崔灿和佘璐等，这是一个不小的人群。他们是这些文字最早的忠实阅读者，也是这些文章最早的热心传播人。每篇文章出来，他们像对待自己的文字一样兴奋和珍惜，第一时间发给自己的朋友，使之在社交圈中流传。有一次，在洞庭湖畔的沅江，我曾碰到几个非文学圈的同龄人，他们竟然能成段地背诵我文章的一些章节。我问他们从哪里读到这些文字，他们说，都是兆平在群里推荐的。

冠华和田毗，是两位特殊的读者。我用毛笔写成的手稿，是他俩一字一句输成了电子版。我写稿子快，一篇万字左右的文章，一般两个晚上便能写成，但修改却要花上两个月，其间大体会修改近二十次。有时只动一两个字，但他们却又要在电脑上操作一番。

锤子是一家不小公司的老板。多年前，偶然见到他的一沓漫画手稿，觉得有才情、有趣味，鼓动他结集出版。这次找插图画家，我想到的第一个人就是他。给他说过，他便埋头去读稿子了。大约两个月后，锤子竟发来了40多幅插图，其放任随性的笔墨和略带冷幽默的场景，正是我期望的那种风格。

年轻的装帧设计家睿子，出生于一个家传深厚的美术世家。他的父母，是我敬重的老出版家。睿子不仅精心设计了本书的装帧，而且请母亲蔡皋画了封面画。

他们是另一群"有心栽花"的人。

书甫付梓，我便托隽青呈给了远在海外的白先勇先生。白先生是我青年时代的文学偶像。一直以来，我认为在当代中国的文学版图上，先生是一位大陆作家无法替代和摹仿的台湾作家。所以呈书于先生，一是献拙求教，二是希望先生能在台湾版上写几句话。先生年逾八句，且在世界各地奔波，精力和时间都十分金贵，故话一捎出，我便有几分后悔。没想到先生秉一颗奖掖后进的师长之心，拨冗为素昧平生的我撰写序言，热忱向台湾读者作了推荐。

印刻出版公司，是台湾文学出版的重镇，其总编辑初安民先生素来重视推广大陆文学新作。初先生看过书稿当即拍板在台刊行，让我得以与海峡对岸的读者结缘。

白先生与台湾的同行们，成为又一群有心栽花的人。

回头想想，正是这三群人以情以义、劳心劳力的栽培，才使得我的这株"无心之柳"扎根展枝。不管将来能否长高成荫，我都应当深长铭记。

当此再版之际，一一肫挚致谢！

龚曙光

己亥年正月十六日于抱朴庐

图书在版编目（ＣＩＰ）数据

日子疯长 / 龚曙光著 . — 北京：人民文学出版社 ,2018
ISBN 978-7-02-014305-4

Ⅰ . ①日… Ⅱ . ①龚… Ⅲ . ①散文集—中国—当代 Ⅳ . ① I267

中国版本图书馆 CIP 数据核字（2018）第 102830 号

责任编辑　　杨新岚　孔令燕
内文插画　　李　锤
装帧设计　　肖睿子
责任印制　　徐　冉

出版发行　人民文学出版社
社　　址　北京市朝内大街 166 号
邮政编码　100705
网　　址　http://www.rw-cn.com

印　　刷　北京天宇万达印刷有限公司
经　　销　全国新华书店等

字　　数　199 千字
开　　本　715mm×955mm　1/16
印　　张　21.25
版　　次　2018 年 7 月北京第 1 版
印　　次　2019 年 5 月第 5 次印刷
书　　号　978-7-02-014305-4
定　　价　58.00 元

如有印装质量问题，请与本社图书销售中心调换。电话：010-65233595

日子疯长